宿敵の刃

火盗改「剣組」2

藤水名子

時代小説

二見時代小説文庫

目次

宿敵の刃——火盗改「剣組《つるぎぐみ》」

序　養生所の花

※

「あ〜、こいつあ、ひでえな」

ザックリと裂けた太腿《ふともも》の傷口をひと目見るなり、養生所所長の立花正源《たちばなせいげん》は大仰《おおぎょう》に顔を顰《しか》めた。

齢《よわい》五十。既に天命を知る年齢は過ぎている筈《はず》だが、一見して医師とは見えぬ風貌の持ち主だ。さしずめ、戦国の世なら最前線で槍をふるう侍大将、当世であれば一家を構える博徒《ばくと》の大親分といった、荒々しい雰囲気をそなえている。

小石川《こいしかわ》養生所の所長は、初代所長を務めた小川笙船《おがわしょうせん》の功績を称え、代々小川家の者が世襲する倣《なら》いだが、例外はある。肝心の小川家当主が、長崎《ながさき》留学中だったりする場合だ。

留学は通常、一年から三年に及ぶ。その間、養生所には臨時の所長が必要になる。立花正源は代理の所長だが、現在長崎に留学中の小川家当主は、未だ三十前の弱年だ。留学は、長期間に及ぶことだろう。

「ああ、こりゃ、膏薬《こうやく》なんかじゃ、てんで役に立たねえな。焼酎《しょうちゅう》でもぶっかけといてやれ、佐枝《さえ》さん」

「先生、そんな乱暴な……」

佐枝と呼ばれた若い女医師は困惑顔で言い返すが、

「いいんだよ。こんな、てめえの命を馬の糞《くそ》くらいにしか思ってねえ奴らには、それなりに痛ぇ思いをさせねえとな」

事も無げに正源は言い、背後の鉄三郎《てつさぶろう》を顧《かえり》みて、

「いい加減にしてくれよ、鉄っちゃん。こう毎日毎日じゃ、こっちも身がもたねえよ。佐枝さんなんか、もう丸二日も寝てねえんだぜ」

心底困り果てた顔つきで苦情を述べる。述べつつ、手際よく怪我人の刀創《かたなきず》を縫い、消毒の薬をふりかけてゆく。

医師とは見えぬ勇壮な風貌ながら、腕は確かだ。長崎に留学した経験もあるため、

刀創を縫う、という蘭方医《らんぽうい》の技術も身につけている。

一般の患者にはおこなわないが、切り傷の絶えない火盗改《かとうあらため》の同心——とりわけ剣組《つるぎぐみ》の者には屢々《しばしば》その法を施《ほどこ》す。そのほうが、圧倒的に治りが早いからである。

「申し訳ありませぬ、先生」

鉄三郎は神妙に面《おもて》を伏せていた。

人からは《鬼神《きしん》》と怖れられ、鬼を鬼とも思わぬ傲岸不遜《ごうがんふそん》な男が、本気で畏《おそ》れ入る相手は、先代火盗改方頭《かしら》の長谷川宣以《はせがわのぶため》以外では、この立花正源だけである。そして、長谷川が既にこの世にないいまとなっては、立花正源ただ一人であった。

「ですが、先生、我らとて、なにも好き好《この》んで、屢々このような手傷を負っているわけでは——」

それでも、懸命に抗弁しようと試みるが、

「ああ、わかってるよ、鉄っちゃん。あんたたちが毎日体を張って江戸のまちを守ってくれてることとくれえな」

それを中途で遮《さえぎ》って、歯切れのよい江戸弁であっさり言い返されてしまう。

「だから、心して手当してくれとでも言うつもりかい？」

「いえ、まさか。……だ、断じてそのような烏滸《おこ》がましいことは——」

鉄三郎が慌てて言いかけるのを、

「いいから、あんたも早く手当《てあて》してもらいな、鉄っちゃん」

有無を言わさぬ口調で、立花正源は制した。

「え？」

「左の腋《わき》に、鋒《きつさき》で突かれた四、五寸ほどの創があるだろう。浅傷《あさで》だと油断してほっとくと、後々膿《う》んだりして面倒なんだよ。なにしろこの陽気だからな。ちゃんと消毒しておけ」

「………」

鉄三郎はハッと顔色を変え、正源の背中を無言で見据えた。戦闘の際、自らが負った創のことは、最も身近な剣組の同心たちにも知られていない筈だ。なのに何故、鉄三郎の体を改めたわけでもない正源が、彼の負傷を言い当てたのか。

「俺の目は、節穴《ふしあな》じゃねえんだよ」

鉄三郎の心を読んだが如く、正源は続ける。

「こいつを担いで養生所へ入ってきたとき、あんたの左肩が心なしか下がってた。姿勢のいい、あんたのいつもの為様《しざま》じゃなかった。……怪我をしてることは一目瞭然なんだよ」

「畏《おそ》れ入ります」

鉄三郎は素直に認めた。

いつもながら、その炯眼《けいがん》には舌を巻くしかなかった。

「わかったら、さっさと手当してもらえ。……頼むよ、佐枝さん」

立花のすぐ隣で、他の若い医師たちとともに、怪我人が不意に激しく動かぬようその体を押さえることに力を貸していた佐枝は不意に名を呼ばれて驚き、

「え、私がですか？」

思わず問い返してしまった。

「そりゃあそうだろ。俺はいま、こいつの治療で手一杯なんだから――」

少々呆れ気味の立花に言い返されると、

「は、はい。では、直ちに――」

それまで白磁のようだった両頬を忽《たちま》ち鮮やかな朱に染めて佐枝は応え、応えつつ、慌てて腰を上げた。もとより、佐枝一人が、怪我人の体から手を離しても、他に三人の若い医師が渾身の力で押さえ付けている。佐枝の力はほぼ無用であった。それ故にこそ、立花も佐枝に命じたのだろう。

「剣崎《けんざき》様」

佐枝は鉄三郎のほうをチラッと顧み、

「それでは、こちらへ――」

隣の診療室へと誘《いざな》った。

もとより鉄三郎は無言で従う。

「では、お体を拝見いたします」

隣室で相対するなり、無意識に佐枝は口走ったが、すぐ次の瞬間、自らの口にした言葉に激しく羞恥《しゅうち》する。立花や鉄三郎に比べれば確かに若いが、それでも今年で齢二十七歳。世間の常識からすれば、最早《もはや》若いといえる年齢ではない。

医師を志して十年余、学問に励んだ。養生所に勤めるようになって既に三年。診立ての確かさもあって、立花の信頼も篤《あつ》い。若い見習いの医師たちからも一目《いちもく》置かれる存在だった。

だが、医師ならば、患者に対して当然口にする言葉を平然と述べたことに、このとき佐枝は自ら動揺した。医師として当然とはいうものの、聞きようによっては、なんとはしたない言葉であることか。よりによって、剣崎に対してそんな言葉を発してしまったことに、佐枝は激しい羞恥を覚えてしまった。そしてその直後、羞恥を覚えた自らの心の脆弱《ぜいじゃく》さを、激しく恥じた。恥じると同時に、

（医師失格だ）

とも思った。

目の前に座した剣崎鉄三郎も、同様の思いで自分を見ているに違いない。

（いま私は、医師として剣崎様の前にいるのよ――）

強く自らに言い聞かせ、奮《ふる》い立たせる。

その結果、

「あの、お召し物を……」

消え入るような声音で佐枝は言った。

「はい」

素直に応じて、鉄三郎は素速く膚脱《はだぬ》ぎになる。

「…………」

その瞬間、佐枝が思わず目を伏せてしまうことを、鉄三郎は承知していた。

「申し訳ない、佐枝殿」

佐枝の戸惑いを察して、鉄三郎も思わず伏し目になる。鉄三郎にしては珍しい、気弱な表情だ。寛《かけい》や寺島《てらしま》といった、鉄三郎を崇《あが》めること山の如しな剣組の同心たちが、自慢のお頭《かしら》のそんな様子を見れば忽《たちま》ち絶句することだろう。

「いえ——」

白くて細い佐枝の白い指先が、次の瞬間、そっと鉄三郎の膚を這った。

「創を、拝見いたします」

佐枝は更に自らを奮い立たせ、鉄三郎の左腕を持ち上げ、腋の傷口を注意深く見据える。滴《したた》った血が、かなり下着を汚していたが、どうやら出血は止まっているようだ。

傷口は、立花が看破したとおり、四、五寸ほどの大きさで、左腋のすぐ下からやや斜めに。複数の敵と闘っているとき、切っ尖が、たまたま腋を掠《かす》めたのだろう。既に血が止まっている創の深さは、一、二寸といったところだろう。

鍛えられた鉄三郎の肉体であれば、放っておいても心配はなさそうだが、気温の高い夏場であれば話は別だ。

「正源先生の仰有《おつしや》るとおりです。このような刀創を放っておいてはいけませぬ」

と言ったときには、佐枝は既に養生所の名物女医師の顔つきに戻っていて、即ち為すべき処置をした。

消毒薬を塗布する。

折角《せつかく》乾いていた傷口に刺激を与えられるのだから、

「うッ……」

鉄三郎は忽ち顔を顰めるが、佐枝は最早躊躇《ためら》わなかった。

傷口に消毒薬を塗布し、次いでしっかりと血を拭い、膏薬を塗ってから真新しいサラシで強く傷口を抑えた。

「痛みますか?」

「いえ」

「申し訳ございませぬ」

鉄三郎は否定したが、佐枝は短く詫びた。しかし、強い意志を持った顔つきは、少しも悪びれてはいない。そもそも女の身で医師になろうというくらい気丈な質《たち》だ。

「いえ、少しも——」

多少の苦痛に耐えつつ、だがあくまで顔色を変えずに鉄三郎は応える。

処置を終え、鉄三郎の傷口に白木綿の包帯を結び終えた佐枝は、ホッと嘆息をつきつつ、

「…………」

ふと我に返り、鍛え抜かれた鉄三郎の体を見た。その眩《まぶ》しさに、再び目を伏せる。

「剣崎様」

「はい?」

「終わりました。お召し物を――」

「…………」

鉄三郎は無言で着物の袖に腕を通し、居ずまいを正した。

いつもの鉄三郎であれば、用が済んだのだから、さっさと立ち去る筈なのだが、このときの鉄三郎は何故かそうしなかった。

佐枝と向き合ったままで、しばし無言のときを過ごした。

佐枝の、凛《りん》として美しい顔と、いつまでも相対していたいと思ってしまった。

(なにか、話をしたほうがよいのだろうか?)

それ故の困惑であり、逡巡だった。

「佐枝殿」

「はい」

名を呼ばれて、佐枝は少しく表情を弛《ゆる》めた。鉄三郎と向き合っていられる時間は常に短い。それ故佐枝は、如何《いか》なる理由であれ、二人きりでいられるときを、なによりも尊いものだと思っている。

「本日は、不覚をとり申した」

「え?」

「私と、他五名ほどで討ち入ったのです。敵は、おそらく十名ほどだと聞いていたものですから――」

「…………」

突然饒舌《じょうぜつ》に喋りだした鉄三郎を、やや困惑顔に佐枝は見返す。

まさか彼が、無言で相対している緊張に堪《た》えきれず、少々取り乱しているとは夢にも知らない。

「ところが、いざ突入してみると、賊は二十名近い人数でした。もっと慎重に調べさせておかなかったことが、返す返すも悔やまれます。もう二、三人多めに連れて行っていれば、部下をあれほど傷つけることはなかったものを――」

「あの…もう二、三人で、よいのですか？」

「え？」

佐枝に問い返されて、鉄三郎はふと我に返る。少々戸惑う。まさか問い返されるとは思っていなかったのだ。

「大丈夫なのですか？」

「はて、大丈夫とは？」

我に返った鉄三郎は、思わず問い返す。

「十名の敵に五名で討ち入るのが常道であれば、二十名の敵には十名のお味方が必要となるのではありませぬか?」

「…………」

「なのに剣崎様は、もう二、三人多めに、と……。人数が、足りぬのではありませぬか?」

「ああ、それは……」

鉄三郎は一瞬間戸惑い、口ごもる。大真面目な佐枝の問いに、本気で困惑したが、不意に腹を括《くく》ってしまうと、

「それは大丈夫です。我らは、剣組であります故――」

答えにもなっていない苦しまぎれの言葉を返した。

「…………」

佐枝は、怜悧《れいり》に澄んだその切れ長の瞳でじっと鉄三郎の顔を見返していたが、それ以上はなにも問い返さなかった。男は、女からの執拗な問いを嫌う。男と縁を結ぶことなくこの年まできた嫁き後《いおく》れの佐枝にも、それくらいのことはわかる。

だが、佐枝に無言で見つめられた鉄三郎は思わずその視線を避けた。畳の縁に目を落とし、気まずげに沈黙した。

佐枝とは、できればいつまでも向かい合っていたいと思うのに、話をすればおかしな感じになり、さりとて彼女の真っ直ぐな視線を受け止める度胸もない。

(俺は……なんという情けない男なのだ)

鉄三郎が、心中密かに自らを卑下した瞬間、

「剣崎様」

見かねた佐枝が、思わず呼びかけた。

「はい」

呼ばれたので仕方なく目を上げ、恐る恐る佐枝の顔に視線を戻す。

「お庭の紫陽花《あじさい》が満開でございます」

促される形で、鉄三郎は庭に目を向けた。

養生所は元々、小石川薬園という薬草の栽培所に設けられたため、いまも建物の周囲には多くの植物が生育している。花も、例外ではない。

佐枝の言うとおり、いま彼らがいる診療室の縁先からは、青や薄紫の大柄な花が雨上がりの陽を浴びて七色に輝いているのが見えた。

(美しいものだな)

思うともなく、鉄三郎は思った。

庭を挟んだ向かい側には、重篤な病人を収容する長屋があり、貧しい者でも無条件で受け入れてもらえるため、病室は常に満室だ。そんな患者の慰めにもなればということで、入院患者のいる長屋からも見える養生所の庭先には、常に季節の花が咲き乱れていた。

殺伐《さつばつ》とした日々を送る鉄三郎にも、花を愛でるくらいの優しさはある。

それ故無言で——そして無心に、とりどりの色彩を放つ紫陽花を見遣《みや》った。鉄三郎が花を見つめるのを見て、佐枝もまた、無言で紫陽花に視線を注いだ。

無言のまま、緩やかなときが流れる。

無駄に言葉など交わさずともよい。ただこうして、静かに相対し、間近にいて同じものを見、同じ空気をすっているだけで、鉄三郎も佐枝も充分幸せなのだった。

「篤兄《とくにい》はどう思います？」

庭先の井戸端から見える診察室の中を覗き込みながら、言うともなしに寺島靫負《ゆきえ》は言った。

泣く子も黙る火盗改方の同心——それも、鬼神の剣崎率いる《剣組》の一員とは思えぬ役者のような優男《やさおとこ》だが、自ら負った左肘の手傷《きず》を平然と井戸水で洗い流すような猛者《もさ》でもある。

「え、なにがだよ?」

問いかけられた篤兄——寛篤次郎《とくじろう》は、傍《かたわ》らの縁台に怠惰に横たわったまま、気のない口調で問い返す。

「あの二人のことですよ」

「だから、どの二人だよ?」

問い返しつつ寛は、億劫《おっくう》そうに身を起こし、寺島が指し示すほうへと目をやる。

「お頭と佐枝先生のことに決まってるでしょう」

「ああ」

診察室の中で向かい合った鉄三郎と佐枝の姿を認めながら、寛の反応は相変わらず鈍い。

「なあ、ゆきの字、お前もその手傷、佐枝先生に手当してもらったほうがいいんじゃねえか」

「そんな必要ありません。私のはほんのかすり傷です」

自分の言いたいことが全く通じていないらしい寛の鈍感さにやや苛立《いらだ》ちながら寺島は答える。

「そんなことより、お二人には、一日も早く祝言をあげていただかないと――」

「え、お頭と佐枝先生にか？」

筧は大きく目を剝いて驚く。

「だって、どこからどう見ても、お似合いでしょう？」

「…………」

筧は改めて診療室で対座する鉄三郎と佐枝に目を向けるが、残念ながら返ってくる言葉はない。その鈍さに、寺島は一層苛立つ。

「お頭は未だ独り身。歴としたお旗本の当主が、四十を過ぎて跡取りがいないのはまずいでしょう」

「え？　そうなのか？」

「そうですよ。だから、篤兄だって、相当まずいんですよ。早くお嫁さんをもらって、後継ぎをつくらないと――」

「だったら、お前だって同じだろ、ゆきの字？」

「私はいいんですよ」

「なんでだよ？」

「私は脇腹の厄介者です。急死した兄の遺児《こ》らが皆幼かったから、とりあえず寺島家存続のために家督を継《つ》ぎましたが、私の次は兄の子が継ぐと決まっています」

「え、そうなの？」

「そうですよ。だから私は、兄の子が成年に達する頃、折良くお役目の最中にでも死んだほうがいいんです。兄嫁も親族も、皆そう願ってます。そうすれば、万事丸くおさまる。……妻帯して、子など成してはいけないのです」

「おいおい、なに言ってンだよ——」

些《いささ》か投げやりとも思える寺島の言葉に、寛はさすがに顔色を変える。

「ゆきの字、てめえ、そんなつもりでこのお役目に就いてたのか？」

「え？」

「その、死んだ兄貴のガキってのは、いまいくつだよ？」

「そろそろ、十かそこらになりますが」

「つまり、元服まであと五、六年てことか？」

「ええ……」

「じゃあ、てめえは、あと五、六年のうちにお役目の最中に死のうと思って毎日勤めてやがるのかよ？」

「…………」

不意に厳しい口調で問い詰められて、寺島は言葉を失った。注意されねばいつまでも不精髭《ぶしょうひげ》を蓄え、自らが兇状持ちの下手人《げしゅにん》さながらの風貌をした筧が、両目に瞋恚《しんい》の焔《ほのお》を燃やしている。本気で怒っている。

見馴れた筈の寺島でも、さすがにゾッとした。このままだと、一瞬後には拳骨が飛んでくる。

「てめえ、いい加減にしろよッ！」

「ああ、篤兄、ごめん。お役目の最中に死ねばいいってのは言葉のあやだよ。そんなこと、夢にも思っちゃいないよ」

激昂する筧からすかさず後退《あとじさ》りつつ、寺島は慌てて謝り、言い募った。

「兄貴の子が元服したら、俺は隠居するつもりなんだ。隠居すれば、もうあとは好き放題だろ。…吉原《なか》通いも、妾を持つのも、好き放題なんだぜ。妻《めと》を娶るなんて堅苦しいことはごめんだよ」

「なんだよ、それ。だったら、俺も、そっちのがいいぜ。嫁とか後継ぎとか、面倒くせえよ」

すっかり不貞腐《ふてくさ》れた顔で筧は言い、再びその長大な体を縁台に横たえる。一瞬の怒りは、どうやら一瞬でおさまったらしい。

「なに言ってんですか。好きな女に自分の子供を産ませるなんて、最高の幸せでしょう」

宥《なだ》めるように寺島は言う。

「好きな女なんていねえよ」

「女郎屋通いばっかりしてるからでしょう。好きでもない女を、よく抱けるよね、篤兄は」

「てめえこそなに言ってやがんだよ。女なんて、好きも嫌いもねえだろ。だいたい、客を相手に誰彼かまわず股開くような女――」

「そういう仕事なんだから、仕方ないでしょ」

篤の言葉を最後まで言わせずに、寺島は遮った。

「好きでやってるわけじゃないよ」

続いて込み上げた言葉は、喉元で呑み込んだ。いまはそんな話がしたいわけではない。

「そんなことより、お頭と佐枝先生のことですよ」

脱線しかけた話を、寺島は辛うじて元に戻した。

「佐枝先生だって、女子《おなご》としてはもうよいお年ですよ。お子をもうけるためには、そろそろ……」

「そろそろ？」

「夫婦《めおと》になっていただかないと」

「…………」

「篤兄はなんにも思わないんですか？」

筧の反応が鈍いので、寺島の語気はつい荒くなる。

「でも、お前の言うとおり、佐枝先生はもういい歳《とし》だろ。どうせ娶るなら、お頭には
もっと若い娘のほうが……」

「なに言ってんだ、あんたッ」

今度は寺島が瞬時に激昂した。

「女の値打ちは、歳じゃないんですよ。……だいたい、あのお頭が、十七、八の小娘
なんか、相手にすると思いますか？」

「いや、それはわからんけど……」

寺島の剣幕に、筧は本気で困惑する。

「佐枝先生くらい落ち着いて、胆の据わった女性《にょしょう》でないと、鬼剣崎の女房は務まり
ませんよ」

「そ、それは、そうかもな」

「だいたい篤兄は、あの二人を見ても、なんとも思わないいんですか？」

「ま、まあ、そりゃあ、いい感じには違いねえよな。……なんか、こう、長年連れ添った夫婦みてえな？」

「でしょう？」

得たり、とばかりに寺島は問い返し、会心の笑みを浮かべるが、その美しすぎる笑顔を内心訝《いぶか》りながら篁は見つめた。

（いつもすかしたゆきの字の野郎がこんなにむきになるってのは、どうも妙だな）

日頃は勘働き気働きに乏しく、誰よりも人の心の機微に鈍い篁だが、ときに驚くような発想をすることがある。一見、野獣のようなその外貌に相応《ふさわ》しく猛々しい心の持ち主で、他者への気遣いや気配りなどにはおよそ乏しい男。その篁の心に閃くものがあるとすれば、或いは外貌に相応《ふさわ》しい野性の勘、とでもいう類《たぐい》のものか。

（もしかしたら、ゆきの字も、佐枝先生に惚れてんじゃねえのか）

忽然と、篁は思ったものの、口には出さず、ただ寺島が力説する言葉の一部始終を右から左へ聞き流していた。

「どうしたら、お二人の距離をいま以上に近づけることができるんでしょうねぇ。

……ああ、じれったいなぁ。川開きの花火見物はもう終わっちゃったし……なんか、ないですかね、篤兄？」

「そうだなぁ。……あ、不忍池《しのばずのいけ》の、蓮《はす》の花見物とか、どうだよ」

苦しまぎれに篔が言うと、

「蓮の花！　そりゃあ、いい!!　蓮なら、不忍池だけじゃなく、赤坂溜池《あかさかためいけ》もあるし……」

寺島は忽ち喜色を示した。

「ああ、でもなあ、蓮は朝が早いから、お忙しいお二人には厳しいかも。……でも、そうだな。それなら、この季節、螢狩《ほたるが》りもありですね」

嬉々として口走る寺島に、

「本当は、お前が佐枝先生を誘いたいんじゃねえのかよ？」

と喉元まで出かかる問いを、だが篔は間際《まぎわ》で呑み込んだ。なんとなく、口に出してはいけないような気がしたのだ。そんな気がした篔の心にも、或いは人を超越した神気のようなものが宿っているのかもしれない。

第一章　雲竜党異聞《うんりゅうとう》

一

甲州《こうしゅう》街道、小仏《こぼとけ》の関付近の山中に山城を構え、謀叛《むほん》を企んでいたと思《おぼ》しい《雲竜《うんりゅう》党《とう》》一味総勢五十名余を、火盗改の剣組が完全制圧してから、ひと月ほどが過ぎていた。

江戸にはいよいよ本格的な夏が訪れ、相変わらず、盗っ人・強盗の類《たぐい》は後を絶たない。鉄三郎の率いる《剣組》には連日のように出動の命《めい》が下る。

日々の務めに忙殺され、最早江戸にはいない《雲竜党》一味のことなど、人々の記憶から忘れ去られてゆくだろう、と火盗改の誰もが思った。

だが、実際には、そうはならなかった。

「火盗はまた、《雲竜党》を取り逃がしたらしいぜ」

「わざわざ甲州路くんだりまで出向いて、全滅できねえたあ、火盗も情けねえな」

「ああ、口ほどにもねえや」

「しかも、《剣組》が捕まえたのは、とるに足らねぇ雑魚《ざこ》ばっかりだっていうぜ」

巷間《こうかん》には、無責任で聞くに堪《た》えない噂ばかりが乱れ飛んだ。

中には、謀叛を企む《雲竜党》一味は、地方に散らばって各々人数を集め、何《いず》れ江戸に攻めのぼる、などという荒唐無稽《こうとうむけい》なものまであり、何者かが、故意に市中へ噂を撒き散らしていることは間違いなかった。

人心が不安に陥《おちい》れば、即ち世情は不安定となる。米の値が高騰したり、倹約令によって不自由を強《し》いられたりすれば不満が募るぶん、なんでも悪いことに結びつける。

即ち、

「政《まつりごと》が悪いからだ」

ということになり、ますます市中は騒然とする。

それこそが、市中に噂をばらまいている者たちの真の目的であろう。

不安に駆られた人々は、さんざんに火盗改の無能さを罵《ののし》り、政への不満をぶちまけたその果てに、

「何《いず》れ《雲竜党》を率いて江戸に攻めてくる山賀《やまが》某は、世直し大明神かもしれぬ」

とまで言い出す始末だった。

火盗改方の頭である森山孝盛《もりやまたかもり》は、ほんの数日前松平定信《まつだいらさだのぶ》から呼び出され、

「なんとかせい、熊五郎《くまごろう》」

直々《じきじき》に叱責された。

一昨年、改革失敗の責任を負う形で老中職を辞した定信ではあるが、三河吉田《みかわよしだ》藩主・松平信明《のぶあきら》、越後長岡《えちごながおか》藩主・牧野忠精《まきのただきよ》といった現職の老中は、ともに定信派の中心人物である。定信の権威が完全に失墜したわけではない。

実のところ、この当時の旗本にしては学があり、和歌にも通じた森山のことを、小普請組頭の頃から定信は知っていて、目をかけてくれていた。

それ故、てっきり趣味の詩歌の話でもしようと呼ばれたのかと思っていたら、

「《雲竜党》とやらの探索は、一体どうなっておるのだ」

開口一番、厳しい顔つきで問い詰められた。今年五十八になる森山にとって、未だ三十半ばの定信は、息子のような齢《とし》の男だ。で、ありながら森山は戦慄した。息子の齢であろうが孫の齢であろうが、権力者の前では身の竦《すく》む思いがする。自分でもうんざりするほど、小役人体質が染み付いているのだ。

「熊五郎」

親くらいの齢の森山を、定信は平然とその通称で呼ぶ。貴種故の無神経さであろう。それほど気を許した仲なのだと思えば気にはならぬが、幼長の順を重視し、年長者への礼を説く儒教――即ち、朱子学のみを唯一の学問と定めた定信にして、実際にはその態度である。もし森山に、その学識と同程度の気概があれば、一言なりと、言い返していたことだろう。

しかし森山は、定信の無礼を黙殺した。剰《あまつさ》え、馴れ馴れしく呼ばれて、嬉しそうな顔さえして見せた。

「そもそも火盗の役目は、極悪人の捕縛であろう。さりながら、これほど世情を騒がす賊の一味をいつまでも捕らえることができず、のさばらせておくとはどういうわけだ」

これには、森山孝盛も頭を抱えた。

「た、ただいま、全力をあげて探索にあたっておりまする」

額《ひたい》を畳の縁に擦り付けるほどに平伏し、懸命に言い募るのが精一杯だった。

「なんとかならんのか、剣崎」

先日、定信から直接叱責されたことは伏せ、まるで懇願するような口調で、森山は鉄三郎に向かって言った。

火盗改の与力は、鉄三郎の他にも常勤の者が五、六名はいるというのに、結局森山は彼をあてにした。

前任者・長谷川の没後、長谷川の黄金時代を支えた手練《てだ》れの与力たちが、老齢を理由にごっそり役を辞した。

後任として、穏当に出世した者も少なくないが、多くは世襲であるため、経験の乏しい者ばかりになってしまった。

森山は、いやでも歴戦の猛者である《鬼神》の剣崎を頼るしかない。

「このままでは、火盗の面目が丸潰れだぞ」

「ただいま、《雲竜党》参謀・山賀三重蔵《みえぞう》なる者の行方を、全力で追わせているところでございます」

宥《なだ》めるように、鉄三郎は応えるが、それで納得する森山ではない。寧《むし》ろ、如何《いか》にも等閑《なおざり》な鉄三郎の返答に、一層苛立《いらだ》った。

「だいたい、その山賀とかいう者は、本当に存在するのか？　そもそも、おかしいではないか。小仏の山城で捕らえた者たちの中には、そやつの姿を見たものは一人もおらぬというのだろう？」

「いえ、一人もおらぬということはありませぬ。山賀を知る者たちは皆最後まで激しく抵抗いたしました故、やむなく斬り捨てたのでございます」

「……………」

「山賀があの山城に立ち寄ったのはただ一度だけ。それも、ほんの寸刻で立ち去ったと言いますから、大半の者が山賀の姿を見ていなかったとしても無理はありませぬ」

「それはそうだが……」

森山は忽ち言葉に窮する。

そこへ、少しも揺るがぬ、泰山の如き鉄三郎の言葉だ。

「山賀三重蔵という男は、確かに存在いたします。仮に、何人かの者が、山賀を名乗って行動しているのだとしても——」

「なんだと？　それは一体どういう意味だ、剣崎？」

森山は忽ち顔色を変える。

「つまり、山賀は一人ではないと言うことか？」

「或いはそういうことも、充分考えられますかと——」

一方鉄三郎は一向顔色を変えない。

「うぅ…む、奴ら、一体なにを企んでおるのだ」

「《雲竜党》は、一旦潰《つぶ》したと思うても、その残党がしぶとく生き残り、未だ地方で生き続けております。屹度《きっと》、江戸に戻ってまいりましょう」

「江戸に戻ってきて、なにをするというのだ？」

「…………」

鉄三郎は沈黙し、森山は更に激しく焦《じ》れる。

「どうなんだ、剣崎？」

「わかりません」

「剣崎！」

「奴らがなにを企んでおるのか、いまはまだわかりませぬが、山賀という男を捜し出して捕らえることが、なにより我らの為すべきことと存じます」

「それで、《雲竜党》一味を根刮《ねこそ》ぎ捕らえられるのか？」

「…………」

「どうなのだ、剣崎？」

「お頭」

つと顔つきを改め、鉄三郎は森山を見た。まだ森山が赴任してまもない頃には、故人への思いもあり、つい「森山様」と呼んでしまうこともあったが、あるときから鉄三郎は、すっかり了見を改めた。如何にも能吏然として、火盗改の役目からはほど遠いところにいる森山に、組頭の自覚を持ってもらうためには、こちらがそのように接するべきではないか。

そう思った鉄三郎は、森山に向かって、必ず「お頭」と呼びかけるよう努《つと》めた。いまは亡き「本所《ほんじょ》の今大岡《いまおおおか》」長谷川宣以《のぶため》に対してそうしていたように。

「お頭」の自覚が生まれれば、役目に対する考え方も変わってこよう。一方森山は森山で、鉄三郎のそんな小賢しい配慮について、とうの昔に気づいていた。

小賢《こざか》しい、とは思うものの、鉄三郎から《お頭》と呼ばれ、

「賊の一味が、数日前より、下谷《したや》の某寺に潜伏している模様です。如何《いかが》いたしましょう」

などとお伺いを立てられれば、

「直ちに捕縛せよ」

と命じるしかない。

たとえそれが、町方との軋轢《あつれき》を生む結果になったとしても、だ。

このため森山は、繰り返し命《めい》を発することで、自ら部下に命を下すことの快感を知

ってしまった。加役のない、ただの先手組頭《さきてくみがしら》のときには、とりたてて急を要する役目が生じることは殆どなかった。それ以前に勤めた、大番《おおばん》、小普請支配組頭《こぶしんしはい》、徒頭《かちがしら》、目付《めつけ》、といった役職においても、同様だ。なにも問題が起こらなければ、直接部下に下知《げぢ》するようなことはない。

（忠実な部下をもつというのも、存外悪くはないものよのう）

満更でもなく、森山は思った。

それ故、このところ、森山と鉄三郎との関係は概《おおむ》ね良好であった。

「なんだ、剣崎」

改まった顔つきで鉄三郎に見つめられ、森山は内心不安になる。

（一体何を言い出す気だ、剣崎……）

「ただいま小伝馬町《こでんまちょう》の牢屋敷に、《黒須《くろす》》の勘吉《かんきち》というこそ泥が捕らえられております」

「《黒須》の勘吉？」

「はい。どうやらその者、かつて《雲竜党》の一味であったらしく、山賀のことを、よく知っているらしいのです」

「…………」

「《黒須》の勘吉を、取り調べることはできませぬか？」

「え？」

森山は絶句した。

牢屋敷に捕らえられている者を火盗改方で取り調べたい、などと申し出れば、町方とのあいだに軋轢を生じる。できればご免被《こうむ》りたい。だが、あっさり、

「できるわけないではないか」

と言い返せる空気ではなかった。突き刺さるような鉄三郎の視線が森山を捉えて離さない。

「その…《黒須》の勘吉とやらは、なんの罪で捕らえられておるのだ？」

仕方なく、苦しまぎれの問いを発した。

「押し込みです。それも、行き当たりばったりの。なんの下調べもせず、たまたま通りすがりのお店《たな》に押し込み、見廻り中の定廻《じょうまわ》り同心に捕らえられました」

「…………」

（なんで、そんなに詳しく知ってるんだ）

森山は内心青ざめる思いである。

「まさか、牢屋敷に密偵を忍ばせておるのか？」

「いえ、さすがにそこまでは……」

「では何故、牢屋敷に捕らえられておる者のことがよくわかるのだ？」

鉄三郎が口ごもるので、つい畳み掛けるように問うてしまったが、森山はすぐにそのことを悔いた。口ごもった鉄三郎の顔色から、

（手先か牢番あたりを買収したか――）

ということが、容易《たやす》く読み取れたからだ。

それ故それ以上答えを強要せず、沈黙した。

もし森山が、

「買収したのか？」

と鉄三郎に問い、鉄三郎が、

「はい」

と肯《うなず》けば、その瞬間から、森山もその一件を知り、加担していることになる。それだけは避けたい。

それ故しばし沈黙の後に、

「だが、一度牢屋敷に捕らえられた者を、如何にして火盗で取り調べると言うのだ？」

内心祈るような思いで森山は問うた。

「《黒須》の勘吉は、一昨年の、日本橋太物商《にほんばしふともの》「廣崎屋《ひろさきや》」の押し込みにも加わっておりました。…既に火盗改に捕らえられた者共が、そう証言しております」

「………」

「で、あるならば、町方のお調べよりも、こちらの取り調べを優先していただけるかと。町方の罪状ではあくまで押し込み未遂でありますが、廣崎屋の一件では多数の死人が出ております故――」

淡々とした口調で鉄三郎は言い、言い切った後で、チラッと目を上げて森山を凝視した。

(やめてくれ――)

森山は心中絶叫した。

(そんなことを申し入れれば、儂はまた、町奉行から睨まれてしまうではないか)

だが、間違ってもそんな心の叫びを目の前の鉄三郎に気取られてはならない。

「お頭――」

「わ、わかった。すぐにその旨、申し入れる」

仕方なく応えてから、

「だが、本当に間違いないのだろうな？」

森山は渋い顔つきで念を押す。

「はい？」

「その…《黒須》の勘吉とやらいうこそ泥が、山賀のことをよく知っているということだ」

「………」

苛立った森山の言葉を、鉄三郎は無言で受け流した。

「どうなのだ、剣崎ッ」

森山は思わず声を荒げる。

「それは、取り調べてみなければ、わかりませぬ」

「なに？」

「我らは、日々命懸けでお務めにあたっておりますが、さまざまな方面からもたらされる情報のそのすべてが真実とは限りませぬ。それでも、我らは、もたらされる情報が真実であって欲しいと望みながらお務めに向かうのでございます」

「なにが言いたい？」

「《黒須》の勘吉が、山賀のことをよく知っている筈だ、と調べてきたのは、我が密偵の一人でございます。その者は、ただそれだけのことを探るため、日々命懸けで務めておるのでございます」

「…………」

森山は絶句するしかなかった。

要するに、横車を押して町方から《黒須》の勘吉の身柄を奪ってきたとしても、有益な情報が得られるかどうかの保証はない、ということではないか。

（こやつ……）

歯嚙みする思いで森山は沈黙したが、

「よろしくお取りはからい願います」

鉄三郎はただただ涼しい顔で頭を下げるばかりであった。

二

寛政《かんせい》七年盛夏。

老中就任以来性急な改革をおこなった松平定信は先年老中の座を退いていたが、その権勢は未だ変わらず、幕閣も彼の政策を継続していた。

この年の春に発せられた、女髪結《おんなかみゆ》いの禁止令などは、明らかに定信の意を承《う》けたものであろう。

この禁令が、庶民にとって甚《はなは》だ不評であったことは言うまでもない。

髪結いは、そもそも男の髪結いが男の髷《まげ》を結い、女髪結いが女たちの髪を結う、という方式でやっていて、その数も、当初は圧倒的に男のほうが多かった。

それ故庶民はともかく、大店《おおだな》の妻女から吉原《よしわら》遊女の髪などは、男の髪結いが結っていた。

しかし、堅気《かたぎ》の女衆はともかく、吉原遊女のように妍《けん》を競う生業《なりわい》の女たちからは、より多くを求められる。少しでも美しく見せるため、彼女らの髪形は次第に複雑化し、微細な技術を要するようになった。遊女たちの好みを察し、その繊細な要求に応えるには、矢張《やは》り、女の髪結いのほうが適していた。

それ故、自然と女の髪結いが増え、田沼意次《たぬまおきつぐ》が権勢を誇った安永《あんえい》年間頃には、遊女たちの髪を結うのは主に女髪結いの仕事となっている。

髪結いの賃金自体は、一件につき二百文前後が相場であったから、その手間暇を鑑《かんが》みれば、対価にはやや少ないほどの、極めて地道な商売だ。

今更それを、「他人に金を払って髪を結わせるなど、贅沢《ぜいたく》だ」という理由で禁じられては、客も髪結いも、ただ困惑するばかりである。ましてや、女の髪結いを禁じるなどとは言語道断であった。

改革に対する民の不平不満は募る一方だったが、定信の主導する改革は依然として続く。

そんな倹約令の厳しい締めつけはあるものの、この時期江戸の市中には些《いささ》か浮かれた空気が漂っていた。

前年の大火で吉原が全焼し、主だった見世の遊女たちは市中の料理屋や旅籠《はたご》などに間借りし、仮営業をおこなっている。

遊女たちを一時たりとも遊ばせておきたくないという因業《いんごう》な楼主《ろうしゅ》らの商魂は、江戸の遊冶郎《ゆうやろう》を大いに喜ばせた。のみならず、吉原の大門《おおもん》に敷居の高さを感じていた者たちをも、引き寄せた。

なんといっても、そこらの料理屋で一杯やるくらいのつもりで、気軽に登楼《あが》れるというのが魅力であった。

日頃は、妻の目を恐れて身を慎んでいる大店《おおだな》の入り婿《むこ》でも、「取引先のお店の主人を接待した」という言い訳を、罪悪感なしに口にすることができる。

それ故、町場の仮見世《みせ》はどこも大繁盛だった。品川《しながわ》や千住《せんじゅ》あたりで宿場女郎を買うのとはわけが違う。一段も二段も敷居の高い、吉原の遊女である。

　市中の仮見世は連日大繁盛であった。

（こんなにも、違うものか……）

　欲望の果てた後も、なお執拗に妓《おんな》の仄白《ほの》い素肌を撫でまわしつつ、筧篤次郎は思った。

「吉原《なか》の女、抱いてみたくないですか、篤兄？」

　寺島靭負に誘われたのは、ひと月ほど前のことだ。正直、そのときはあまり気乗りしなかった。

　野獣のような筧の風貌は、商売女からも好まれない。そのことを、筧自身が誰よりもよく知っている。

　現に、品川でこの数年来馴染みの女などは、筧が訪れても嬉しそうな顔一つ見せたこともなく、床入り後は、終始諦めたような表情でいる。去り際には、判で押したように、「また来てくださいね」と言うが、僅かも感情のこもらぬ声色に、野蒜《のびる》のような無表情だ。商売女からの過剰な愛想など諦めている筧ではあるが、一見《いちげん》ではなく、何度も枕を交わしたあげくにこの反応はあんまりではないか、と実は密《ひそ》かに思っていた。

ところが——。

その夜寺島に強引に連れられて行った、下谷同朋町《どうぼうちょう》の料理屋二階で仮営業する見世で、筧の敵娼《あいかた》となった小桜《こざくら》という遊女の反応は、それまでの筧が知るものとはまるで違っていた。

「ぬしさま、お名前は？」

まるで幼女のような声音で問い、

「と、篤次郎」

戸惑いつつ筧が答えると、

「じゃあ、篤さまですね」

その可憐な桜の花びらのような口で、小桜は筧をそう呼んだ。

そのあとのことは、よく覚えていない。床入り前には盃《さかずき》を交わすのが吉原流のしきたりだが、筧の知ったことではない。いきなり小桜を抱き竦《すく》めた。

「あ……」

軽い吐息を漏らしただけで、小桜は、堪え続けた。

「す、すまぬ……」

すべてが終わったとき、筧が思わず口走らずにはいられぬほど、小桜は儚《はかな》い風情《ふぜい》であった。

「いいえ」

小桜は緩く首を振ると、ゆっくりと身を起こし、厳《いか》つい筧の手に盃を持たせ、酒を注ぐと、

「本当は、床入り前に召しあがっていただきたかったのですが――」

恥ずかしそうに目を伏せて言った。

「あ、ああ、すまなかったな」

筧は慌てて盃を干した。空の盃を、妓に返杯するのが吉原流の作法だが、もとより筧にはそんなことわからない。ぼんやり妓の顔を見返していると、見かねた小桜は筧の手から盃を取り返すと、自ら注いで飲み干した。

「盃を交わしましたからは、篤さまとわっちは夫婦《めおと》でございます」

「………………」

小桜の言葉を聞くなり、筧の長大な体いっぱいに、炎のような思慕が満ちた。

まさか、妓の口からそんな嬉しい言葉を聞こうとは、夢にも思わなかったのだ。すべては、躾《しつけ》の行き届いた廓《くるわ》の妓故の辞令にすぎないのだが、筧には知る由もない。

(なんと可愛いことを……)

こみ上げる愛しさを堪《こら》えることができず、寛は再び、小桜を床の上に押し倒した。そうすることでしか、己の気持を吐露することのできない男であった。

強く抱き締めたら忽ち折れてしまいそうに細く華奢《きやしや》な腰でありながら、小桜の体は激しい男の欲望にも能《よ》く堪えた。房中術を仕込まれているが故なのだが、もとより寛にはわからない。わからぬままに、

(これは、俺のために生まれてきた女だ)

と確信した。

当然入れ込み、暇さえあればその仮見世に入りびたるようになった。逢瀬《おうせ》を重ねるほどに、思慕は一層強くなる。

(小桜を身請《みう》けしよう)

という結論に達するまでに、さほどのときは要さなかった。


(まずかったかなぁ)

そんな寛の近況に、無論寺島は気づいていた。

吉原遊女の客あしらいのよさについては、寺島は充分承知している。承知していて、

敢えて、誘った。

　たいした理由はない。ただ、馴染みの女郎にさえさほど好かれぬ気の毒な筧に、ほんの少し好い思いをさせてやりたいと思った。それだけのことだ。それ故登楼《あが》る際、顔見知りの遣《や》り手に、

「兄貴には、気の好《い》い女をあてがってくれよ。器量は二の次で、兎《と》に角《かく》、気だての好《よ》い、優しい女を頼む」

　執拗に耳打ちした。

「まかせておきな。ちょうどいいのがいるからさ」

　遣り手は、二つ返事で請け負った。

　寺島としては、愛すべき職場の先輩に、たまには好い思いを味わってもらいたい、という程度の親切心から思いついたことだ。まさか、筧のような男が本気で妓に入れ込むとは夢にも思っていなかった。

「一体どうしたんだ、篤の奴は——」

　最古参の同心、丸山善兵衛《まるやまぜんべえ》がぼんやり呟くのを聞いて、寺島はハッと我に返る。

「え、篤兄が、どうかしましたか？」

「どうもこうもねえよ。お頭が、折角牢屋敷から下げ渡してもらった《黒須》の勘吉

が、今日の午《ひる》にはうちに来るっていうのに、あの野郎、明け番だからって、さっさと帰りやがったぜ」

「そ、そうですか……疲れてたのかな？　宿直《とのい》続きだったから——」

「ばか言え。あの野郎がそれくらいのことで疲れたりするもんかい」

「ひどいな、善さん、篤兄だって生身の人間ですぜ」

寺島は懸命に言い募る。

「それにしても、やっぱり、解《げ》せねぇな」

「なにがです？」

「叩いて吐かせる罪人の世話は、あいつの大好物の筈だろうに」

「勘吉の世話なら、私が責任を持って……罪人を責めるのは、篤兄より私のほうが向いてますよ。篤兄はいつもやり過ぎますからね」

「まあ、それはそうだが……」

「さて、そろそろ勘吉が着いてる頃おいですね」

丸山の追及が自分に及ぶことを恐れ、寺島はそそくさと腰を上げかけるが、

「それにしても、近頃あいつはどうかしてるぜ」

丸山は再び同じ言葉を口にした。

「そうですか？　私は別に、そうは思いませんが……勘吉を迎えに行ってきます」

さあらぬていで言い返し、寺島は同心部屋を出た。

丸山は、それほど勘の鋭いほうではないが、長年この職を務めてきた経験というものがある。人を見る目は確かであった。これ以上無駄口をきいていると、寺島がなにか隠し事をしていると見抜かれてしまうかもしれない。

（篤兄だって、何《いず》れ目が覚めるだろうし……それになにより、そのうち新しい吉原が完成すれば、妓はみんな、元の籠の鳥に戻るんだ）

気軽に通える仮見世だからこそ日参できるのであり、大門をくぐるとなればそうはいかない。

（それまで、大過なくやり過ごせばいいんだ）

一方で、タカをくくってもいた。

それ故、火盗改方・通称《剣組》の筆頭同心・筧篤次郎が、遊女に夢中になり、お役目すらおろそかにしようとしている、などという不名誉な事実は、なんとしても隠し通さねばならない。ましてや、その原因を作ったのがほかならぬ自分だなどとは、誰にも知られるわけにはいかなかった。

三

墓石の前に跪《ひざまず》き、手を合わせてしばし瞑目しながら、鉄三郎は心の中で故人に呼びかけた。

（長谷川様……）

喧《かまびす》しい蟬《せみ》の声が、寺の植木の彼方此方《あちこち》から聞こえる。端正な額から鬢《びん》のあたりにかけて、しとどに汗が滴《したた》っていた。

（あれほど長谷川様にお教えをうけたというのに、近頃のそれがしは、長谷川様に顔向けできぬことばかりです）

積年の宿敵である《雲竜党》を未だ捕縛できていないことも然《さ》りながら、最も無念に思うのは、山賀三重蔵という謎の男の全貌がまるで見えてこないことだ。

江戸っ子たちも徒然《つれづれ》に噂する、小仏山中の山城。一体なんの目的で、あの山城に大勢人を集めていたのか。本当に、江戸で大きなヤマを踏むつもりだったのか。それとも、江戸っ子の噂するとおり、大規模な叛乱でも企んでいたのか。

鉄三郎には、未だ理解できずにいる。

（何《いず》れ江戸に入るための拠点だったとしても、計画もなにもかも、あまりに疎漏《そろう》すぎる）

山城から連れ帰った《雲竜党》の者たちに、当然山賀のことを詰問した。

ところが、ある者は西国《さいごく》の小藩の出身だと言い、別の者は東北の、どこか雪深い土地の生まれだろう、と言う。改易になった小藩の旧臣だというのが本当だとすれば、この十年ほどの間で改易になったのは、天明《てんめい》八年の近江《おうみ》小室《こむろ》藩が最後で、それ以後取り潰された大名家はない。

それ以前では、宝暦《ほうれき》八年美濃《みの》八幡《はちまん》の金森《かなもり》家改易まで遡《さかのぼ》らねばならず、いまから三十七年も前のことになる。山賀の年齢を、仮に五十前後とすれば、お家取り潰しの頃には未だ前髪だちの少年だったかもしれない。その当時からいまにいたるまで、幕府への強い恨みを持ち続けているということも、なくはないかもしれないが、可能性としては極めて低い。小室藩の改易は七年前だから、可能性としては、こちらのほうが幾分高いだろう。

だが、小室藩が存在したのは琵琶湖《びわこ》の畔《ほとり》、近江の国だ。西国でも東北の雪国でもない。

（ここまで実態が摑めぬのでは、森山様がその存在を疑うのも無理はないな）

先日の森山とのやりとりを思い出して内心自嘲する。

――長谷川様なら、こんなとき、どうなされます？

故人に対して、最も問いたい言葉だけは胸の中で懸命に押し殺し、鉄三郎は墓前を辞した。祥月命日《しょうつきめいにち》でもないのに、なんとなく、足が向いてしまったのは、それだけ心が弱くなっている証拠だ。

（我ながら、情けない）

鉄三郎は深く己を恥じた。

墓参を終えた鉄三郎はゆっくりと寺の山門から表通りへと続く道を歩いていた。四谷《よつや》の戒行寺《かいぎょうじ》から、内藤《ないとう》へ出る大木戸までは、さほど遠くない。凡《およ》そ、三つ四つの辻を越えるだけのことだ。

（折角ここまで来たのだ。たまには内藤に出てみるか）

思うともなく思い、鉄三郎は、大木戸の方向に足を向けていた。

内藤には、何度か、長谷川に誘われて入った酒家もある。まだ少し陽が高いようだが、どうせ非番だ。

（何年ぶりだろう……）

勤めのために、月に何度も大木戸を行き来している鉄三郎だが、内藤に足を止めることは滅多にない。往時、長谷川とともに古い縄のれんをぐった日のことが思い出され、柄《がら》にもなく感慨にふけったときだった。

「待てぇ〜いッ」

不意に、大きな叱声が耳に飛び込んできて、鉄三郎は即座に我に返った。

「待てい、奸賊《かんぞく》ッ」

(すわ！)

賊、という言葉に、体が無意識に反応する。

視線を巡らせるまでもなく、一個の人影が、鉄三郎のほうを目がけて来る。全速力で疾走してくる。

次の瞬間、まさに彼の目の前を走り過ぎようとするそいつの足下を、鉄三郎は咄嗟《とっさ》に足で掬《すく》った。

「うはぁッ——」

驚きの声とともに、翻筋斗《もんどり》うって男は転がった。

己の足下に転がり、蹲《うずくま》った男を、鉄三郎は無言で見据える。

「いてッ……」

呻きつつ、体を丸めて痛い足をさする。

「いててて……畜生、なにしやがるんでぇ」

さすりつつ、怨みのこもる目で鉄三郎を仰ぎ見た。

年の頃は二十代後半から三十がらみ。痩せぎすで、狡《ずる》そうな顔つきの町人者だ。

と、そこへ、

「待て、貴様ぁ〜ッ」

激しい怒声を発しつつ、走り込んできた者がある。最前から、「待て〜ッ」と怒鳴りつつ、そいつを追って来た者だろう。鉄三郎はそちらを振り向かなかったが、気配で武士だということは察した。

「もう、勘弁してくださいよ、旦那」

鉄三郎の足下で転がったその男は、踝《くるぶし》を撫でつつ、狡《ずる》そうな目つきで訴える。

「あっしが一体、なにしたって言うんです?」

「黙れ、賊めッ。…近江屋《おうみや》の前でなにをしていた?」

「な、なにもしてませんや……旦那はなにか誤解してますぜ」

「ならば、拙者が呼び止めたとき、何故止まらずに逃げ出したのだ?」

「それは……」

「なにも疚《やま》しいことがないなら、逃げる必要はあるまい? 疚しいことがあるから、逃げたのであろうがッ」

「…………」

男が答えに窮したところで、

「おい、忠輔《ただすけ》──」

鉄三郎は、漸《ようや》く部下に呼びかけることができた。

「え？」

火盗改方の最年少同心・牧野《まきの》忠輔は、つと我に返って傍《かたわ》らの鉄三郎を顧みた。

「お頭……」

次いで、茫然とする。

「この男は一体なにをしたのだ？　近江屋というのは、日本橋の薬種問屋、近江屋のことか？」

「は、はい……」

予期せず不意に現れた鉄三郎に驚愕した忠輔は、容易《たやす》く戸惑い、口ごもった。

「どうした、忠輔？」

「いえ、あの……こやつは、近江屋の前で……その、明らかにあやしげな……」

《鬼》とも《鬼神》ともあだ名される上司の突然の出現に驚かされた上、鋭く問われて、忠輔は完全に萎縮している。

（これは……）

鉄三郎はすぐそのことに気づくと、二人のやりとりの隙に乗じて逃走せんと、しゃがみ込んだままでジリジリ後退していた男の尻を、

「おらぁーッ」

激しい気合いとともに、強く蹴りつけた。

「ぎゃへぇッ」

男は忽ち悶絶し、そのまま昏倒した。

それほどの、強烈な蹴りだった。蹴りの威力が、食らった当人のみならず、忠輔の意識をも糺《ただ》したらしい。

「この者は、日本橋薬種問屋・近江屋の店先を、なにやら不審な様子で数日前より窺っておりました」

忠輔は、口調を改め、ハキハキと喋《しゃべ》りだした。

「数日前から？」

「はい。父の代より馴染みの目明かしが知らせてくれました。近江屋の前に、怪しい奴がいる、と――」

「そうか」

父の代からの馴染みの目明かし、と聞いて、鉄三郎は少しく安堵した。

目明かし、小者、御用聞き……さまざまな呼び方はあるが、皆、なにかしらの便宜をはかって貰ったり、或いは金で傭われたりして同心のために働く者たちだ。その殆《ほとん》どは、裏の世界に通暁《つうぎょう》した元罪人、或いは罪人未満の者たちである。悪人の捕縛には、悪人を以《もつ》てするのが一番の早道とはいえ、理想の高い年若い同心たちの中には、どうしても悪の匂いが強い目明かしやその手下を嫌う者も少なくない。

だが忠輔は、亡父から受け継いだ目明かしを、ちゃんと使いこなしているらしい。亡父のことへの安堵であった。火盗改の職務は、綺麗事だけでは到底務まらない。亡父のあとを継いで火盗改の同心となったこの数ヶ月のあいだで、忠輔がそれを学んでくれたことに、鉄三郎は安堵したのだ。

「それで？」

「数日見張りましたところ、こやつは、近江屋の前を何度も行きつ戻りつ……どう見ても、間口《まぐち》やそこから店の奥への長さを測り、使用人の数を確認しているとしか思えませんでした」

「近江屋に盗みに入ろうとしている盗賊一味の者だと思ったのだな？」

「はい。それで、拙者も確信いたしました。それ故、呼びかけたのでございます」

「なんと呼びかけたのだ?」

「『おい、お前、近江屋の店先でなにをしていたんだ?』と、呼びかけました。するとこやつ、ろくに返答もせず、いきなり走り出したのでございます」

「それで、お前はこやつを追ったのか?」

「はい。絶対に、賊の一味に違いないと思いまして——」

「でかした、忠輔」

短く労《ねぎら》ってから、ふと鉄三郎は小首を傾げ、

「お前、近江屋の前でこの男に声をかけたと言ったな?」

「は、はい」

恐る恐る、忠輔は肯く。

「それで、こいつが逃げ出したので、それを追って来た、と申したな?」

「はい」

「日本橋の近江屋の前からここまでずっと、追って来たのか?」

「はい」

当然だ、と言いたげに、忠輔は鉄三郎の顔を見返したが、鉄三郎は内心驚いている。

（ついこのあいだまで、我々の足並みにも遅れがちだった忠輔が、日本橋からここまで、よくぞ賊を追えたものだ）

驚くと同時に甚だ感心した。

若者の成長は早い。

寛や寺島は、忠輔のことをまだまだ使えぬ未熟者のように思っているだろうが、彼らが忠輔に追いつかれる日もそう遠くないのかもしれない。いや、それどころか、鉄三郎にさえ——。

（忠輔がこれほど成長しているというのに、俺ときたら……）

思うとともに、鉄三郎は自嘲した。

（情けないぞ、剣崎！）

自らを鼓舞するように思ったつもりだったが或いはそれは、最前墓参した地下の御方からの叱責だったかもしれない。

四

「忠輔が捕《つか》まえたあの野郎、《狐火《きつねび》》の仙蔵《せんぞう》一味の手下でしたぜ」

大得意の筧篤次郎が喜色満面で与力詰所まで報告に来たとき、たまたま部屋には鉄三郎一人だった。それ故筧も、他の与力たちの目を気にせず、狎《な》れ口をきくことができる。

「忠輔の野郎、生意気にお手柄じゃねえですかい」

「なんだ、あやつ、もう吐いたのか？」

「はい、そりゃもう……こっちがろくに聞きもしねえうちから、ベラベラ喋ってくれましたよ。…まだ、石も水も使ってねえのに、ですよ。見た目どおり、根性のねえ野郎ですぜ」

本来ならば、決して誇れることではないのに、筧は得意気に胸を反らして言った。

「で、《狐火》の仙蔵一味の隠れ家は？」

「根岸《ねぎし》の沼田村《ぬまたむら》です。渡し場の近くらしいんで、猪牙《ちょき》を使えばすぐですよ」

「猪牙とはまた、よいところに気がついたではないか」

苦笑を堪えつつ、鉄三郎は言う。すると一層、筧は得意気な顔つきになった。

「でしょう、お頭。そう思って、舟の手配もしておきましたぜ」

「お前にしては、上出来だな、篤」

「では早速、捕縛に向かいます」

言い様、そそくさと腰をあげかける篤を、

「まあ待て、篤——」

鉄三郎は慌てて呼び止めた。

「え？」

「《狐火》一味は、まだ手下が捕らわれたことに気づいていまい」

「……………」

「気づいていないのだから、そう捕縛を急ぐ必要はないということだ」

「ですが、お頭——」

「《姫》はなにをしている？《姫》も一緒に取り調べたのか？」

「ゆきの字なら、昨日から、《黒須》の勘吉にかかりきりですよ。……なんでも、《雲竜党》の中でも、小頭を任されるほどの野郎で、なかなか手強いようでして……なあに、《狐火》一味を引っ捕らえてきたら、それがしも手伝いますよ」

「では、お前が一人で取り調べたのか？」

「ええ。…本来なら、捕らえた忠輔にやらせるべきなんでしょうが、あいつにはまだ荷が重すぎます。なにしろ、それがしが罪人を叩くのを見ただけで、脅えて真っ青になってるんですぜ」

「だが、慣れさせるためには、忠輔にも手伝わせねばならん」

厳《おごそ》かな口調で、鉄三郎は言った。

「忠輔にも手伝わせた上で、いま一度、調べ直せ」

「え？」

「だいたいお前は、肝心のそやつの名さえ、聞き出しておらぬではないか」

「あ……」

思わず小さく声を発したのは、鉄三郎に指摘されたとおりだからであろう。

篁は、その場で小さく身を竦《すく》めた。

「何処の誰かもわからぬ男の言うことなど、信じられるか。疎漏すぎるぞ、篁」

「で、ですが、《狐火》の仙蔵一味の者だということはわかったのですから、それでよいではありませんか。一味の隠れ家もわかったんだし、すぐにとっ捕まえましょうよ」

（その隠れ家とやらの情報も、あてになるものか。偵察の役を負うような者は元々慎重で悪賢《わるがしこ》い。篁を見て、与《くみ》し易しと侮《あなど》り、口から出任せを言ったとも考えられる）

鉄三郎は思ったが、もとよりそれは口には出さない。

「先ずは、手先に命じて、その隠れ家とやらを探りに行かせ、そのあいだに、お前は忠輔とともに、いま一度、そやつを取り調べるのだ」

「そ、そんな……」

　筧は明らかに不満顔をしたが、

「これは命令だぞ、篤。俺に二度、同じことを言わせるな」

　顔つき口調を改めた鉄三郎が厳しく言い放つと、

「はいッ」

　威儀を正し、その場に両手をついて拝命した。しかる後、直ちに腰を上げる。即ち、鉄三郎から下された命《めい》を実行するために。

　詰所を出た荒々しい足音が、そのまま役宅の奥まで去るのを待ってから、

「善さんの言うとおりだな」

　鉄三郎は、襖の向こうにいる丸山善兵衛に向かって声をかけた。

　筧が詰所にやって来る直前まで、鉄三郎は隣室で丸山と話していた。他ならぬ、ここ最近の筧の異変について、報告を受けていたのだ。

「いつもながらの疎漏さではあるが、取り調べる相手の名すら聞き出さぬとはひどすぎる。余程、心ここにあらぬ状態なのであろう」

「お頭も、そう思われますか」

音もなく襖が開いて、丸山が応じる。

「そのくせ、猪牙を使おうなどと、変に気がまわりやがる。どう見ても、いつもの篤ではないな」

「それに、矢鱈《やたら》とお勤めを早上がりしたがるんですよ。《狐火》一味の捕縛に行きたがったのも、さっさと賊を捕らえて、今日の勤めを終わりたいからに違いないんです」

「うむ……」

「《姫》の奴が、なにか知ってることは間違いないんですが、あいつは、篤と違って、容易に心の裡《うち》をみせませんから」

「だろうな」

難しい顔つきで少しく考え込んでから、

「女だな」

ふと表情を弛《ゆる》めて鉄三郎は言った。継《つ》いで、自ら口にした言葉に可笑《おか》しみをおぼえたのか、その口許も無意識に弛《ゆる》む。

「え？」

だが丸山は己の耳を疑い、思わず聞き返す。

「大方、女ができたのであろう」

「篤にですか？　まさか……」

「篤とて、一人前の男だ。女ができても不思議はあるまい」

「いえ、ですが、お頭……」

「なにやら、《姫》が絡んでいるようなのだろう？」

「ええ、それはまあ、おそらく……」

「《姫》は、あの見た目どおり、女には堪能な男だ。馴染みの女も少なくなかろう。その《姫》が絡んでいるとすれば、十中八九、女だ」

「…………」

「そう考えれば、すべて腑に落ちるだろう、善さん。矢鱈と張りきって勤めを早く終えようとするのは、一刻も早く、女のところへ行きたいからだよ」

「成る程、言われてみれば……」

鉄三郎に指摘されると、考え込みながらも、丸山は次第に納得してゆく。こればっかりは、経験した者でないと理解できない。丸山とて、若い頃、遊里で遊んだ経験くらいある。

吉原の大見世であれ、宿場の遊廓であれ、馴染みができれば、即ち日参したくなる。

「おいでなんし」などと、甘い廓詞《くるわことば》で囁《ささや》かれれば、色事に免疫のない男子の鉄腸《てっちょう》も、即ち蕩《とろ》かされることだろう。

「女であれば、さほど心配することもあるまい」

「だと、よいのですが……」

それでも丸山は、なお愁眉《しゅうび》を開かなかった。

「《姫》がついているのだ。目に余るところまでいけば、なんとかするだろう」

「…………」

鉄三郎の言葉には応えず、丸山はなお気鬱《きうつ》げに眉を顰《しか》めている。その深刻な表情を見るうちに、丸山善兵衛が、如何に深く筧のことを案じているかということが、鉄三郎にも充分に伝わった。

目に余る事態に陥ったところで寺島がなんとかするとすれば、即ち、筧と女を強引に引き離すことだ。どんな無慈悲な手段を用いても、寺島ならば、そうするだろう。だが、その場合、筧が被るであろう精神的打撃のほどは、はかりしれない。そのときのことを、丸山は案じているのだ。

「わかったよ、善さん」

丸山の心を知った鉄三郎は、そこではじめて笑顔を見せた。

「万一篤が泣かされるようなことになれば、みんなで慰めてやればいいだろう。……美味《うま》いもの食わせて、酒飲ませて……それじゃ、駄目か？」

「い…いえ」

丸山は口ごもり、深く顔を俯《うつむ》けた。

声の感じから、込み上げてくるものを懸命に堪えていることは容易く察せられた。年寄り故に涙もろいなどとは、意地でも思われたくない。だいたい、自分のことを年寄りだなどとは夢にも思っていない。

「いや、おわかりいただければいいのです。お頭には、すべてお知らせしておくべきだと思ったもので……《姫》のことも、わざわざお耳に入れるほどではないかと思ったのですが……」

「いや、聞かせてもらって、よかった。篤も《姫》も、大事な部下だ。いざというとき、使いものにならなかったら困る」

殊更に明るい声音で言い、鉄三郎は笑顔になった。だが、深く顔を俯けてしまった丸山にはその笑顔を見る術《すべ》もない。

それ故鉄三郎は、

「善さん」

促すように呼びかけた。

「…………」

促された丸山は反射的に顔をあげる。

「《姫》を、呼んできてくれるか？」

「はい」

「わかってるだろうな？」

「…………」

「勘吉への責めの続きは、善さんに頼む」

「承《うけたまわ》りました」

短いやりとりの間に、丸山は鉄三郎の心をすっかり察したようだった。静かに襖を閉めると、足早に立ち去った。


丸山が立ち去ってほどなく、寺島靭負が与力詰所へ訪れた。

「お頭」

部屋に入り、鉄三郎の前に座して一礼する。

「お呼びでしょうか」

顔をあげるなり、その、女人の如く美しい唇許《くちもと》を厳しく引き締めて寺島は言った。

「どうだ、勘吉の取り調べは？」

「それが……」

寺島は忽ち表情を曇らせる。

あまり捗捗《はかばか》しくない証左であろう。

「篤も言っておったが、なかなか手強いようだな」

「ただ、一つだけわかったことがあります」

ふと目を上げて寺島は述べる。

「なんだ？」

「《黒須》の勘吉は、元々《雲竜党》の一味ではなかったそうです」

「なに？」

「いえ、これは勘吉が自ら語ったわけではなく、勘吉を護送してきた牢屋敷の役人から聞き出したのですが、元々別の一味に与《くみ》していたところ、例の山賀三重蔵という男に誘われて《雲竜党》に入りましたそうで――」

「なに、山賀が直々にか？」

「はい。山賀は、勘吉になにか特別な役目を与えていたようで、それ故あの山城には入らず、江戸で捕らえられたということです」

「なるほど。それで、山賀は勘吉になにを命じていたのだ？」

「それが……頑《がん》として口を割りません」

「まあ、山賀が見込んで仲間に引き入れるほどの者だ。一筋縄ではいくまい」

「引き続き、私にやらせてください、お頭。必ず吐かせてみせます故――」

「いや、しばらく善さんに任せよう。お前は篤を手伝ってやれ」

「篤兄を？」

「ああ、忠輔が捕らえた男の詮議を任せたが、どうもあれは疎漏でな。…賊に、いいようにあしらわれているようだ。忠輔をつけてやったが、それでも心許《こころもと》ない。お前も手伝ってやれ」

「しかし、忠輔がついているのであれば……忠輔も、近頃はなかなか目が利くようになりました故」

「だが、篤は忠輔の言うことを素直に聞くまい」

「たしかに」

「頼んだぞ、《姫》。あの者の口を割らせねば、折角の忠輔の手柄が無駄になる」

「承知いたしました」

寺島は合点し、素直に肯《うなず》いた。

寛と違って、聡明な男である。鉄三郎の言葉の一を聞けば、即ち十まで察することができる。しかも、己の賢さを決して誇らない。寧ろ、隠そうとする。そのため、どんな場合でも、できれば鉄三郎に終《しま》いまで言わせようと忖度《そんたく》するようなところがあった。複雑な家庭の事情があってのことなのだろうが、鉄三郎には常々気になっている。

「なあ、《姫》——」

それ故鉄三郎は、命《めい》を請《う》けて即ち腰を上げかける寺島を、ふと呼び止めた。

「はい？」

「近頃の篤は、どこかおかしくねえか？」

（え？）

声には出さず、寺島はただ少しの驚きを瞳に滲ませた。表情には、僅かの変化もない。それ故、二十年来の知己か、或いは余程の炯眼《けいがん》の持ち主でなければ、彼の本心は容易に見抜けない。

だが、残念ながら鉄三郎はその炯眼の持ち主であった。

「いや、なに、篤の様子がどこかおかしい、と善さんから聞かされてな」

「…………」

「篤もお前も、善さんから見れば息子みてえなもんだ。……お前ら、火盗の同心として出仕してから、善さんには世話になりっぱなしじゃないのか？」

「はい」

寺島は素直に項垂《うなだ》れた。

丸山に、なにかを察せられていることは重々承知していた。それ故ひたすら隠そうと努《つと》めてきた。

すべては鉄三郎の言うとおりだ。丸山善兵衛は、年齢的にも、人柄的にも、まさしく父親のような存在だった。その心の寛《ひろ》さと包み込むような優しさのおかげで、今日までやってこられた、と言ってもいい。

それ故、丸山の名を出されてしまうと、寺島は弱い。

（善さんがお頭にチクったのか）

と思う以前に、チクらせてしまった己を恥じ、深く責めた。

「申し訳ございません」

寺島は観念し、深々と平伏した。

一旦観念した以上、問われることには素直に答えるしかない。寺島は覚悟を決めていた。だが、

「いいから、早く行け」

鉄三郎は、短く寺島を促しただけだった。

「え？」

「どうせたいした話ではあるまい。暇になったら聞かせてもらおう。いまはこのとおり、為すべきことが山積みだ」

「は、はい」

再び肯いた寺島の顔は珍しく朱に染まっていた。さすがに鉄三郎と目を合わせるのは気がひけるのか、目を伏せたままで頭を下げ、彼の前から辞した。

（仕方のない奴らだ）

その静かな足音が渡り廊下の外れまで去るのを聞きながら、思うともなく鉄三郎は思った。

第二章　混沌の日々

一

ばしゅッ、
ばしゅッ、
と細く長い杖《じょう》が激しく撓《しな》るたび、男の背中も激しく揺らいだ。
「うぅ……」
男は苦しげな呻きを漏らし続けているが、最前から、必要以上のことは語ろうとしなかった。
男の名は、金太《きんた》と言った。二つ名は、《真桑《まくわ》》の。つまり、《真桑》の金太。真桑とは、生まれ在所の村の名であるらしい。

金太は、そこまでは、問われるまま素直に答えた。

それから再度、属する一味とその頭の名を問われると、

「《狐火》の仙蔵親分です」

と、前回筧に答えたのと同じことを言う。

——ほら、見ろ、
という得意気な顔つきで、筧は傍《かたわ》らの忠輔を見たが、忠輔は終始冷静だった。

冷静に金太を観察し、

「この男、嘘をついておるようです」

筧の耳許へ低く囁いた。

「なんだと⁈」

だが、金太に聞かせまいとして低く囁いた忠輔の配慮になどまるで無頓着な筧は、
その途端無神経な大声をはりあげた。

「なんでてめえに、そんなことがわかるんだぁッ」

「た、確かに私は、これまで、罪人の取り調べにあまり立ち合ったことはありませぬが……」

筧の怒声を恐れて、忠輔は忽《たちま》ち縮こまる。声音《こわね》も無意識に震えをおびた。が、

「ですが、この者は、私の制止を振り切って、逃げたのです。四ツ谷まで逃げたのですよ」

震えがちの小声ながらも、言うべきことはしっかり言った。

「それがどうした？　え？　てめえがうすのろだから、四ツ谷くんだりまで追っかけなきゃならねえ羽目に陥《おちい》ったんだろうが。……もしそこに、たまたまお頭が居合わせなきゃ、てめえはこいつを取り逃がしてたろうよ」

「…………」

篔に激しくまくし立てられて、忠輔がさすがに言葉を失ったところへ、寺島が入ってきた。そのことにも、篔は明らかにムッとした。

「なんだ、ゆきの字？」

「お頭に、篤兄を手伝うように言われたから」

「お頭に？」

不満げな仏頂面《ぶっちょうづら》で、篔は問い返す。

「うん。勘吉のほうはしばらく善さんに任せて、とりあえず、こいつをなんとかしろってさ」

「お頭がそうおっしゃるなら、仕方ねえな」

「ところで、篤兄」

不承不承《しぶしぶ》肯《うなず》きながらも、依然として仏頂面の篔の耳許へ口を寄せ、寺島は低声《こごえ》で囁きかける。

「取り調べの最中に、罪人の前で、忠輔を頭ごなしに怒鳴りつけたりしちゃ駄目ですよ」

独特の柔らかい口調ながらも、篔が容易に言い返せぬだけの強さとその根拠が、寺島の言葉にはあった。それ故篔は、

「なんでだよ？」

困惑気味に短く問い返す。

「篤兄が、金太の目の前で忠輔を侮《あなど》るような言葉を聞かせたら、あいつも忠輔を侮ることになります。同じ火盗の同心が罪人から小馬鹿にされたら、いやでしょう。忠輔だって可哀想だし――」

「ま、まあな」

篔は仕方なく肯いた。

「それに、忠輔の言うことはもっともです。あきらかに、あいつはおかしい」

「え？」

「いくら、火盗の同心に声をかけられたからって、それだけで、逃げますか、普通？　だいたい、忠輔が火盗の同心かどうかも、その時点ではわからないんですよ」

「ああ、それはそうだな」

「なのにあいつは、逃げたんです。ろくに忠輔の話も聞かずに」

「う、うん……」

「それも、四ツ谷の大木戸まで、ですよ。明らかにおかしいでしょう。もしお頭に出《で》会《くわ》してなかったら、内藤を通り越して甲州路まで逃げてたかもしれませんよ」

「いくらなんでも、それはねえだろ。大木戸まで逃げたのだって、忠輔の野郎がうすのろだからで……」

「忠輔が本当にうすのろなら、とっくに捲《ま》かれてますよ。或いは、本気で逃げる気なら、人の多い広小路なり、複雑な路地なりへ逃げ込めばいい。追っ手が忠輔一人なら、それで確実に捲ける筈です。なのに奴は、真っしぐらに四ツ谷まで逃げたんですよ」

「…………」

寺島の言葉を聞くうち、寛の面上からは不機嫌な感情が消えていた。

「おかしいと思うでしょう？」

「ああ」

不審そうに首を傾げながら、

「じゃあなんで、奴は、そんな真似をしたんだ？　馬鹿なのか？」

寺島に問い返す。

「或いは、はじめから忠輔に捕まるつもりだったのかもしれません」

「はじめから捕まるつもりなら、もっと早く捕まりゃいいだろうが。なんだって四ツ谷くんだりまで逃げる必要があったんだよ」

「忠輔を、その場から遠ざけるのが目的だったのかもしれません」

「なんのために？」

「ですから、そういうことを、問い質《ただ》さないと——」

「なるほど」

寺島の言葉に、寛は漸《ようや》く合点《がてん》した。

かといって、寺島が口にした数々の言葉の意味が真に理解できているわけではない。ひとえに全幅の信頼を寄せる鉄三郎も一目《いちもく》置く寺島の知恵に、手放しで乗っかっただけのことだ。

「じゃあ、ここから先は忠輔にやらせましょう」

「え」

寺島の言葉に対して小さく驚きの声を発したのは、他ならぬ忠輔であった。

「いい機会だ。やってみろ、忠輔。火盗の同心なら、避けて通れぬお勤めだ」

優しげに微笑《ほほえ》みながら、寺島は忠輔の手に、拷問用の杖を握らせる。

「あ……あの……」

忠輔は戸惑い、激しく動揺した。

罪人を杖で打ち据えるなど、はじめてのことだ。

「大丈夫だ。篤兄も私もついてる。万一歯向かってきたら、手を貸してやるから。……ね、篤兄？」

「ああ、この野郎がお前を小馬鹿にするようなことがあれば、俺がこいつを絞め殺してやるよ」

寺島の問いかけに、篤は胸を反らして請け負った。兎《と》に角《かく》、金太に対してはったりをかますときなのだということは、野性の勘で薄々察したのだろう。

それ故忠輔も、覚悟を決めて杖を構えた。寺島の言うとおりだ。火盗の同心としてこの先もお勤めを続けてゆくなら、避けて通れない道である。

その手に、ぎゅっと無意識の力がこもるのを見定めてから、

「おい、《真桑》の金太とやら、この忠輔は、貴様が思っているとおり、まだまだ新

参の未熟者だ。取り調べの経験も浅い。従って、手加減などは一切《いっさい》できぬぞ」

寺島は金太の正面に立ち、最も効果的な脅し文句を言い放った。

「打て、忠輔ッ」

寺島が鋭く命じたとき、金太の顔は、そのときさすがに少しく青ざめたように見えた。

次の瞬間、忠輔は金太の背後へまわりこむと、

「やぁ〜ッ」

気合いとともに、その背に向けて、一途《いちず》に杖を振り下ろした。

べひゅッ、
大きく撓った杖は、次の瞬間金太の痩せた背中に炸裂する。だが、どこか間抜けな鈍い打撃音だ。それでも、

「うぐぉッ」

前のめりに倒れざま金太は苦しげに呻く。その為様《しざま》、些《いささ》か芝居がかっているようにも見えた。

「ああ、それでは駄目だ、忠輔」

寺島は、すかさず忠輔に注意する。

「そんなふうに、手先だけで打っていたのでは、全くきかぬ。もっと腰を入れて、体全体を使って打つのだ」

「こ、こうですか」

寺島の指導に従い、忠輔は再び杖を振るう。

ばしゅッ、

今度はいい音がして、

「痛ぇーッ」

金太は素直な悲鳴を発した。

「うん、だいぶよくなったぞ。その調子だ」

寺島は手放しで褒めた。

ばしゅッ、

ばしゅッ、

ばしゅッ、

寺島に褒められた忠輔はそれで一気に調子づき、二度三度と杖を振るう。

「いてえッ、いてえよ。…やめてくれ」

金太は容易《たやす》く泣き声を出したが、

「では、話せ。貴様の目的はなんだ？」

　と寺島に問われても、

「お、おいらは、《狐火》の仙蔵親分の手下です。日本橋の近江屋に押し入るために下調べをしてたんでさあ。一味のヤサは根岸の沼田村だって、何度も言ってるじゃねえですか。……こんなに素直にしゃべってるのに、なんで痛めつけるんですよぉ」

　金太は、寛に話したのと同じ内容を繰り返すばかりだった。

「そうかい」

　寺島は冷ややかな目で金太を見据えた。

　なまじ美しいだけに、まるで能面の「泥眼《でいがん》」の如く、無表情な中にも一抹の妖気を漂わせているようでそら恐ろしい。金太もおそらくそう感じた筈だ。

「うぅ……うううぅ」

　すぐに目を逸らし、大仰に呻き、且《か》つ痛がって見せた。

「そういう態度なら、もっと痛い目をみることになるよ、金太」

　その態《わざ》とらしい様子を、寺島は一層冷ややかな目で見据える。

「もう、いい、忠輔。いい稽古になったろう。ここからはもうお遊びじゃない。篤兄、代わってやって。もう、容赦しなくていいみたいだから」

に近づいた。

「おう、やっと出番か」

それまで、責め部屋の隅で欠伸《あくび》をしていた筧篤次郎が、大きく伸びをしながら金太に近づいた。

「…………」

金太はすっかり青ざめた顔で、筧をふり仰いだ。

そもそも金太は筧から責めをうけて一味の頭の名や、隠れ家を吐いたわけではない。拷問される前に、自ら易々と吐いたのだ。おそらく、それですべてが終わると思っていた筈だ。

そう思って安堵していたところへ、火盗の同心三人がかりでのこの責めは、蓋《けだ》し計算外であったろう。

筧が己の背後に立ち、手にした杖を、頭上でびゅうびゅうと振り回すその音を聞いただけで、そら恐ろしさで無意識に体が震えた。

金太への激しい責めは、その後一刻以上続けられた。

猛々《たけだけ》しい獣の如き筧の責めに、金太は容易く泣き声をあげ、赦《ゆる》しを請うた。

その声に応じて、

「篤兄、止めて」

寺島は筧の手を止めさせ、

「では、本当のことを話せ」

と鋭く問うが、

「な、何度も……申しあげたとおりでございます」

一向に埒《らち》があかない。

なにかを隠していることは間違いないのに、容易に落ちない。

（これは、たいした食わせ者だな）

寺島は内心舌を巻いた。

一見ヘラヘラして、頭の軽い、いい加減な男のように見せかけているが、すべてが計算の上のことであれば、これほど恐ろしい敵はない。

尋問の度《たび》に、寺島は金太の憔悴の度合いを注意深く観察している。なにしろ、筧の責めは生半可《なまはんか》なものではない。それ故、責めの最中に発する泣き声も呻き声も、最早《もはや》白々しいものではなかった。相当の痛手を被《こうむ》っている筈なのに、頑として口を割らない。

長く激しい責めが続けば、或いは命を落とさぬとも限らない。筧の責めにここまで耐え続けているのは、それをも覚悟してのことなのだ。

（手強《てごわ》いな。なにか突破口がなければ、落とすのは無理だぞ）

寺島が思った矢先、鉄三郎の命《めい》を請けて根岸の沼田村を調べに行った密偵たちが戻ってきた。そして、報告した。沼田村中の空き家や農家の離れを捜索したが、《狐火》の仙蔵一味の隠れ家はなかった、と。

「どうする、金太。一味の隠れ家なんて、沼田村の何処にもなかったってよ」

寧《むし》ろ面白がるような口調で寺島が言うと、金太は明らかに動揺したように見えた。

（ここだ）

事実を突き付けられて動揺しているところを畳み掛ければ、一気に落とせる筈だ、と寺島は判断した。

「お前の本当のお頭は何処の誰だ？　それとも、お頭なんてハナからいなくて、一人働きなんじゃねえのか、お前？」

「そ、そんなわけ、ありません。一味の隠れ家は、確かに根岸の沼田村なんです」

だが金太は、必死に言い募った。

完全に、芝居がかった必死さであった。

（こ、この野郎——）

「だったらなんで、その隠れ家とやらがないのかな？　お前が火盗に捕まったと知って、さっさとずらかったたってことかい？」

内心の腹立たしさをひた隠しつつ、寺島は問うた。

「そうかも…しれません。……いえ、きっと、そうです」

「だとしたら、ちょっと早過ぎるねぇ。お前が忠輔に追いかけられて、四ツ谷の大木戸で捕まるまでの一部始終を、一味の誰かが何処かで見てた、ってなら、話は別だけどさぁ」

内心をひた隠したまま、遊冶郎《ゆうやろう》が妓《おんな》を口説くときさながらのねちっこい口調で、寺島は言葉を継ぐ。

「それとも、はじめからそういう計画だったのかい？」

「な…なんのことです？」

空惚《そらとぼ》けた金太の顔には心底ムカつき、思わずその横っ面を張り倒してやりたくなるが、間際《まぎわ》で堪えた。

ここで短気を起こしては、すべてが台無しになる。

「《狐火》の仙蔵は、狙いをつけたお店《たな》の下調べを充分にした上で押し入り、決して人死《ひとじ》にを出さずに盗む、本物の盗っ人だ。そのために、狙いをつけたお店に入るまで、一年でも二年でも根気よく待つ、と言われている」

「そ、そのとおりです、旦那。…うちのお頭は、そりゃあ、殺生を嫌いますんで……」

「それほど情け深いお頭が、手下の命は見殺しか？」

「…………」

「お前が捕らえられたと知って、さっさとずらかったなら、随分とまた、薄情なお頭じゃねえか」

「そ、そりゃ、おいらの他にも、お頭の手下は大勢いますんで……そいつらのことを考えたら、ここは涙を呑んでずらかるしかなかったんでしょうよ」

「だが、お前も、仙蔵の手下の一人ではないか、金太？　お前の命は軽く扱ってもよいのか？」

「…………」

「お前は、仙蔵に見捨てられたということか？」

「お、大勢の…大勢の者の命に比べたら、おいら一人くらい……」

苦渋に満ちた金太の表情を見るうち、寺島の心には新たな疑問が生じていた。

(《狐火》の仙蔵の手下というのは嘘だとしても、こいつは仙蔵を知っているのか？)

ということだ。

所詮《しょせん》盗っ人の世界は広いようで狭い。

万一知っていたとしても、なんの不思議もない。だが、それを知るためには、本人同士、直接の交流があってこそ、の話だ。全く面識のない相手と知り合いのふりが出来るほど、世の中甘くはない。ましてや、巷《ちまた》で《鬼》と恐れられる火盗改に対して、見えすいた嘘が通用するとは思うまい。

「ああ〜お頭ぁ、すみませぇん、おいらがドジ踏んで捕まっちまったから、近江屋を諦めなきゃならなくなったんですねぇ」

額を床に擦りつけて嘆く金太の言葉など、もとより、寺島の耳の右から左へ、易々とすり抜けていった。

(こいつ、一体なんの目的でここへ来た？)

という根本的な疑問と、その答えを僅かも覚らせぬ金太の、ものの見事な化けっぷりに、寺島は心底戦慄《せんりつ》していた。

死を覚悟した男への拷問など、ほぼ無意味だ。絶望的な気持ちに陥りながらも、寺島はその後も、

「本当のお頭は何処の誰だ？」

「なんのために、わざと火盗に捕らわれた？」

「いまここで、正直にすべてを話せば、お裁きの際には手心を加えてやれるぞ」

などと、様々な文言《もんごん》を用い、金太からなんらかの言葉を引き出そうと試みた。

しかし、すべては虚しい徒労となった。

二

寺島靭負が、《狐火》の仙蔵一味を名乗る《真桑》の金太という下っ端に手こずらされているあいだ、一方では多少の進展があった。

寺島と代わった丸山善兵衛が、《黒須》の勘吉から、意外な証言を引き出していたのである。

「勘吉は以前、《狐火》の仙蔵一味にいたそうです」

「なに！」

鉄三郎が忽ち顔色を変えたのは、彼の心に、最悪の想像が広がりつつある証拠だった。

偶然などというものを、そもそも鉄三郎は信じない。

《雲竜党》の第一人者、山賀三重蔵となんらかの関係のあるらしい《黒須》の勘吉。

その男の前身が、殺生を嫌い、きれいな盗みをすることで知られた《狐火》の仙蔵の配下であった、と言う。ときを同じくして火盗に捕らわれた、見るからにいい加減そうな、使い走りのような男もまた、《狐火》の仙蔵一味の者だと名乗っている。どちらかが嘘をついているか。或いは、二人ともに嘘をついているのか。

期せずして、全く関わりがない筈の二人から、揃って《狐火》の仙蔵の名が出たことを、偶然と見過ごすことはできなかった。

(ともあれ、勘吉の顔を見ておくか)

考えるうちにも鉄三郎は腰を上げ、仮牢へと向かった。

金太のほうは、捕縛の際その場に立ち合っているし、四ツ谷から役宅まで忠輔に同行したため、多少は言葉も交わしている。そのときはまだ、どこの一味の誰とも知れていなかったので、見た目どおり、使いっ走りの小者くらいとしか思っていなかった。寛は兎《と》も角《かく》、勘働きのよい寺島までもが苦戦を強《し》いられることになるとは、このときは夢にも思わなかった。

勘吉が訊問されている責め部屋は、勿論金太のいる部屋とは反対側の場所にある。しばし勘吉を訊問してから、あとで金太のほうも覗いてみようと、鉄三郎は考えていた。

金太のいる部屋からは耐えず激しい打撃音と悲鳴が聞こえてくるのに、勘吉の部屋からは殆どなんの物音もしない。取り調べているのが、《仏》の善さんこと、丸山善兵衛だからにほかならない。

丸山は、年齢的なこともあり、あまり激しい拷問はおこなわない。他の者が存分に拷問したあとを引き受け、駆け引きだけで罪人を落とす。

物音一つ聞こえぬ部屋の引き戸を開け、鉄三郎は室内に入った。

足音で、鉄三郎が来たことを既に察していたのだろう。

「お頭」

丸山は予めその場に佇立し、頭を下げて鉄三郎を出迎える。

「…………」

丸山の足下に座していた男が、鉄三郎の気配を察して身を捩《よじ》りつつ、彼をふり仰ぐ。

（…………）

鉄三郎は無言で勘吉を見据えた。

しばし無言で見据えるしかなかったのは、それだけ衝撃が大きかったためだ。

（こやつ……）

とても、ケチなこそ泥の面構えではない。

年の頃は、鉄三郎よりやや年上で、おそらく五十前後。その瞳は、凪《な》いだ湖面の如く静かであり、そこには隠しきれぬ知性が見てとれた。

到底、通りすがりのお店へ、軽い気持ちで押し込みに入り、あっさりお縄になるような迂闊《うかつ》な男の顔つきではない。

「《黒須》の勘吉」

ゆっくりと勘吉の前に立ちながら、鉄三郎は、そいつの名を呼んだ。

そいつは無言のまま、鉄三郎を見返した。見返す瞳の中には特に際立った感情は見られない。相変わらず、凪いだ湖面のようだ。

「《狐火》の仙蔵が、いま何処でどうしているか、お前は知っているか？」

「え？」

声には出さぬが、勘吉は明らかに聞き返す顔つきになる。

「《狐火》の仙蔵といえば、長年火盗改が追っていた大盗賊だ。その仕事は、緻密にしてそつがなく、決して殺しも傷つけもせぬ。火盗の俺が言うのもなんだが、まさに、盗っ人の中の盗っ人であると言われている」

「……………」

「仙蔵が江戸で仕事をしたのは、いまから五年前の、三河町《みかわちょう》の太物《ふともの》問屋・遠州屋《えんしゅうや》が最後だ。その折一味は、金蔵の千両箱を五つ持ち去った。それでもなお、千両箱は未だ五つ残されていたというから、半分だけ持ち去ったことになる。ゆかしいことだな、勘吉。お前はその折の盗みには加わっておるのか?」

「いいえ、あっしが仙蔵親分のもとを去ったのは、遠州屋へ押し入る少し前のことでしたので……」

勘吉は静かに首を振る。

鉄三郎は話を続けた。

「その後江戸で、狐火一味の噂を聞くことはなくなった。仙蔵が江戸で最も稼いでいた全盛期は、いまより十五、六年ほど前。……年齢を考えれば、仙蔵は、死ぬか隠退したのではないのか?」

「さあ…この五年、お頭には会っておりませんので、どうしておいでか、あっしにはなにもわかりませんが」

仕方なさそうに、勘吉は答える。

「仙蔵が何処でどうしているか、噂を聞いたこともないのか、勘吉?」

「は…い」

重ねて問われ、困惑気味に、勘吉は答える。

「そうか」

と一旦納得したあとで、

「それは残念だな」

鉄三郎は、少しく落胆して見せた。

「はて？」

勘吉の気をひくには充分な擬態であった。

「残念とは？」

「仙蔵が、確かに隠退しているのであれば、此度《こたび》江戸に現れた《狐火》の一味は贋物だと証明できたのだがな」

「え？」

勘吉は思わず聞き返した。

「《狐火》一味の贋物が？」

「ああ。日本橋の近江屋を狙っていたようだ。《狐火》の仙蔵一味を名乗る者が、いま、同じこの火盗改の牢に捕らえられておる」

「…………」

勘吉の顔色はさほど変わらないが、その眼に淡い揺らぎがあることは、鉄三郎には微かに見てとれた。

「会ってみるか、そいつに？……まあ、万一本物の一味だとしても、お前が去って後、一味に入った新入りかもしれぬが」

という鉄三郎の言葉に対して、勘吉は答えず、ただ懸命に動揺を堪えた顔つきでいた。

「お前はどう思う、勘吉？」

「な、なにがでございます」

「《狐火》一味を名乗るそやつが、本当に《狐火》の仙蔵の一味かどうかだ」

「あ、あっしにはわかりませんが」

勘吉は少しく困惑する。

「俺は贋物だと思うぞ。《狐火》の仙蔵一味が、この先江戸で盗みをするなど、考えられぬ」

「何故、そう思われます？」

「仙蔵は、既に死んでいるからだ」

さも心外だと言いたげな勘吉の問いに、至極あっさり、鉄三郎は答えた。

「………」

「《狐火》の一味は、俺が火盗の同心となった頃には、江戸で名を知られた存在だった。《狐火》一味を捕らえることが、火盗改にとって最大の目標であったこともある。……だが、結局捕らえられなんだ。先の組頭であられた長谷川様も、それだけが、唯一のお心残りであられたろう」

「だから、死んだと思うことになされましたか？」

皮肉な口調で勘吉は問い返すが、鉄三郎は別段意に介さず、

「ああ、そうだ」

事も無げに答えてのけた。

「《狐火》の仙蔵は死んだ。生死を言っているのではない。名だたる大店を次々と襲いながら、お縄になることもなく、自ら退《ひ》いたのだ。盗賊としての仙蔵は死んだ、ということだ。盗賊らしからぬ、大往生だな。……そして勘吉、お前が仙蔵の許《もと》を去ったのも、仙蔵が自ら退くと決めたためであろう」

「ち、違います！」

それまでの彼とは別人のように取り乱した様子で勘吉が口走った。

「お頭は…《狐火》のお頭は……」

「《狐火》のお頭は、どうした？」

「お、お頭は……」

「病か？　病に冒され、余命幾ばくもないと知ったのだな。それで、自ら退くことを決めたのだな」

「…………」

勘吉が口を閉ざしたのは、鉄三郎の当てずっぽうが存外当《とう》を得ていたのであろう。

折角なので、いま少し揺さぶっておこうと試みた。

「仙蔵が病と知って一味を離れるとは、お前もひどい手下だな。……仙蔵は、一味の中でも、お前を最も信頼していたのではないのか？」

「お頭は、確かに遠州屋のシノギを最後に頭を退くつもりだった。そのあとを、あっしに任せると言い出して……でも、あっしは、《狐火》の仙蔵のあとを継げるようなうつわじゃねぇんだ」

「だから、逃げたのか？」

最前勘吉からもらった皮肉のお返しに、鉄三郎も皮肉な口調で問いかけた。

「…………」

「逃げたんだな、お前は？」

「あっしが辞退すれば、一味はそのまま解散になります。お頭もそのおつもりでした。それのなにがいけないんですか？」

「いけなかねえよ。お前の考えどおり、それですべてが終わってたとしたら、な」

「どういう意味です？」

「一味の誰かが、仙蔵の目を盗んで、そっくり一味を引き継いでいたとしたら、どうだ？」

「…………」

「それでもお前は、仙蔵から逃げたことを後悔せぬか？」

勘吉の反応を、鉄三郎はじっと見守った。

「仙蔵は、最後に五千両もの大金をせしめて隠退した。その金は、蓋《けだ》し、手下に均等に山分けしたのであろう。逃げるなら、何故金を貰ってからにしなかったのだ？」

「…………」

「《狐火》の仙蔵一味最後のシノギ——遠州屋への押し込みは、それは見事なものだった。遠州屋の、店から家の間取りまで、それこそ目を瞑《つむ》っても歩けるくらいまで調べあげたのは、ほかならお前ではないのか、勘吉？」

「…………」

「やはり、そうか」

確信とともに、鉄三郎は呟いた。

勘吉は口を噤《つぐ》んだまま、気まずげに目を伏せている。

「仙蔵は、己の病と衰えを知ったときから、お前に一味の跡目を託したかった。頭を引き継ぐもよし、一味を終わらせるもよし、お前にすべてを委ねようとしたのだな？だが、お前にはそれが重荷だった。だから、最後の仕事にも加わらずに一味を離れた」

「ええ、そうですよ」

勘吉は不意に鉄三郎と目を合わせ、開き直った口調で言った。

「そのとおりです。逃げたんですよ、大恩あるお頭から。…どうせあっしは、卑怯者ですよ」

「何故、逃げたのだ？」

「怖いからに決まってるでしょう。火盗からも一目《いちもく》置かれる《狐火》の仙蔵のあとを継ぐなんて、冗談じゃありませんや」

「それで、《狐火》一味を抜け、一人でこそ泥を続けようと考えたのか？」

「…………」

勘吉が一瞬間息を呑み、答えを躊躇《ためら》ったのは、鉄三郎の執拗さに辟易《へきえき》した証拠であった。

「だったら、なんですね」

極力感情を抑えた声音で勘吉は応えたが、その声は僅かに震えていた。そして遂に堪えきれなくなったのか、次の瞬間堰《せき》を切ったように喋《しゃべ》りだした。

「だいたいなんなんですか、さっきから。…あっしと、《狐火》のお頭の話をするために、わざわざあっしの身柄を小伝馬町から引き取ったんですかい？　山賀三重蔵の話を聞くためじゃなかったんですかい？　最初に来た男前の旦那はそう言ってましたがね」

「山賀のことを、話す気になったのか？」

「…………」

「話したいなら、話してもよいのだぞ」

勘吉はそれきり貝のように口を閉ざし、あとは鉄三郎がなにを問うても返事をしなかった。

（怒らせすぎたかな）

鉄三郎は内心苦笑し、それ以上の言葉を、勘吉から引き出すことを諦めた。

諦めて、責め部屋を去る際、

「善さん」

丸山を部屋外まで招き、

「勘吉はずっと、あんな調子か？」

その耳許に小声で問うた。

「ええ、あんな調子です」

鸚鵡《おうむ》返しに、丸山は答える。

「《姫》は、殆ど奴を責めていなかったようだな」

「あれでは、責められんでしょう。貫禄がありすぎます」

「うん。…善さんでも、落とすのは難しそうか？」

「面目次第もございません。……《狐火》の仙蔵のことも、奴がたまたま口を滑らせただけで、それがしの手柄ではございませぬ」

「いや、うっかり口を滑らせたのも、善さんの手柄だよ」

「畏れ入ります」

丸山は気まずげに目を伏せる。

気まずいのだ。鉄三郎が、年長者の自分に気を遣い、そんな風に立ててくれることが。

その気まずさが伝わったのか、

「とにかく、一旦牢に戻して、厳しく見張らせろ」

「よろしいのですか？」

「責めて吐かせられるという相手でもなし、これ以上は、もう無理だろう」

手短に言い残し、鉄三郎は丸山の側から離れた。そのまま真っ直ぐ進み、ちょうど反対側にあるもう一つの責め部屋へと向かう。

三

「お前たち、なにをしているッ」

一歩入って、中の様子を一瞥するなり、鉄三郎は絶句した。

責め部屋の中央には、殆ど半死半生の状態で仰向けに倒れた金太。その周囲を、放心状態で口もきけぬ寛と寺島と忠輔が取り囲んでいる。

鉄三郎が入ってきたことにも気づかず、空ろな目つきで三者三様に金太を見つめていた。

「あ、お頭――」

鉄三郎が来たことに最初に気づいた寺島が、慌ててその場で一礼すると、筧と忠輔もすぐにそれに倣《なら》った。

「その男、死にかけているのではないか？」

険しい表情で金太に近づくと、鉄三郎はその呼吸を窺った。金太の呼吸はか細く、所謂《いわゆる》虫の息、という状態だ。

「篤ッ！」

「そ、そんな、大袈裟《おおげさ》ですよ、お頭。…少し休ませりゃあ、なんとかなります」

「なんとかなるとは、どういうことだ？」

薄笑いを浮かべる筧を、厳しい口調で鉄三郎は問い詰める。

「まさか、この上更に責めようというのではあるまいな？」

「…………」

「これほど責めておきながら、なに一つ聞き出せなかった、ではすまぬぞ、篤ッ」

「申し訳ございませぬッ」

鉄三郎に叱責されて一言もない筧に代わって寺島がすかさず進み出、深々と頭を下げた。

「勘吉からなにも聞き出せなかった上、このような小者までも満足に落とせぬとはあまりに情けないと焦り、ついやりすぎてしまいました」

「小賢《こざか》しいぞ、《姫》ッ」

怒りに任せて、鉄三郎はその寺島をも一喝した。

「お前が止めても、篤が強引に責め続けたのであろう。その篤の落ち度を、庇ってやろうという魂胆か？　お前は一体何様だ？」

「いえ、決してそのようなつもりでは……」

寺島が真っ青になって口ごもるのを見て、鉄三郎はさすがに己の言い過ぎを悔いた。

寺島靭負は、その生い立ちの複雑さ故に容易に他人に心を許さず、火盗改の同心となってからも、表面的な人当たりの好さとは裏腹、誰にも心を開いていないようなところがあった。それが、ふとしたことで鉄三郎に心を開き、それがきっかけとなって丸山や寛とも馴染んでいった。

そのことを、あえて口に出さずとも、鉄三郎は知っている。この、火盗改方・通称《剣組》だけが、寺島にとっては唯一の居場所――よすがになっている、ということを――。

そんな寺島に対して、「小賢しい」という言葉ほど、鋭く心に突き刺さるものはあるまい。幼い頃から、いやというほど聞かされてきた、彼にとっては刃物のような言葉を、よりによって、この世で最も信頼する剣崎から浴びせられるほど、つらいことはない筈だ。

言い過ぎたことを内心悔いつつも、鉄三郎はさっさと寺島に背を向けた。

残念ながらいまは、部下の傷心に心を留めているときではない。

「とにかく、手当をせねば、奴は死ぬぞ。早く養生所の先生を呼んできて、診てもらえ」

背中から言い捨てて、その場を立ち去った。

鉄三郎が部屋を出、石畳を足早に行くのと前後して、すぐに責め部屋から飛び出す者がいるのを、背中に感じた。

(《姫》だな)

気配で察した。

その者が、端正な頬のあたりに鬢《びん》の後れ毛をほつれさせながら、門のほうを目指して一目散に走り出す姿が、振り向いて確かめずとも、ありありと鉄三郎の瞼裏《けんり》を過《よぎ》った。寺島の足なら、養生所までは四半時とかからずに行ってこられるだろう。

それから二刻あまりが過ぎた後。

（そういえば、金太の手当はどうなっているかな）

詰所で何枚かの報告書を書き終えた鉄三郎は、再度仮牢へ向かうべく腰を上げた。

中庭に面した渡り廊下を歩いているとき、思いがけぬ人物の姿をふとそこに見出し、鉄三郎は足を止める。

黄昏《たそがれ》近い華やいだ景色の中でも、そのひとの静謐《せいひつ》な姿はひときわ鉄三郎の目を惹《ひ》いた。

「佐枝殿？」

往診の際に持参する大きな道具箱を供の小者に持たせた佐枝が、ちょうど吟味所の潜り戸から出て中庭を横切り、役宅御門のほうへと向かうところだった。

地味な浅葱《あさぎ》の着物の上に鈍色《にびいろ》の施術着を纏《まと》ったままの、凡《およ》そ色気のない姿なのに、鉄三郎の目にはどの見世の、どんな美妓よりも魅力的に映る。

「佐枝殿」

鉄三郎は渡り廊下から庭へ降りると、夢中で佐枝に走り寄った。

「剣崎様」

小者になにか話しかけていた佐枝は、突然の鉄三郎の出現に少しく驚く。逆光の眩しさに眼を細めつつ彼を振り仰いだ貌《かお》がまるで少女のようで、鉄三郎の心は妖しく騒いだ。

「このようなところで、なにをしておられる？」

その内心をひた隠しつつ、やや強い口調で鉄三郎は尋ねる。

「なにをと言われましても……怪我人の治療を終えて、帰るところでございます。持参いたしました薬は明日までの一日分ですので、後ほど、何方《どなた》かに取りに来ていただけますと……皆様お忙しいようでしたら、この六助《ろくすけ》に届けさせましょうか？」

「佐枝殿が、罪人の往診に？」

鉄三郎は眉を顰め、いつになく険しい顔つきになった。これまで佐枝には一度も見せたことのない表情だ。

「《姫》…いや、うちの寺島が佐枝殿にお願いしたのでしょうか？」

「いえ……」

その険しい表情に厳しい口調で問われ、佐枝は些か戦《おのの》いた。戦きつつも、

「本日は、偶々《たまたま》急患が続いて、人手が足りなかったのです。寺島様は、『できれば他の先生を』と仰有《おつしや》ったのですが、なにやら急を要するご様子でしたので、私が強引に出向いてまいりました」

怖《お》じる様子もなく言い切った。

「なんということを、佐枝殿、あなたは……」

「いけなかったでしょうか？」

「…………」

問い返すその瞳《め》の強さに、鉄三郎は容易く言葉を失う。可憐でありながら、しなやかで強い、野生の小動物のような瞳であった。

「できれば、貴女にはここへ来ていただきたくありません」

だが、鉄三郎とて《鬼神》と異名をとるほどの偉丈夫《いじょうふ》だ。言うべきことは、言わねばならない。

「剣崎様」

「よいですか、佐枝殿。ここはあなたが来るようなところではない。……この火盗改の仮牢に捕らわれているのは、皆、悪逆非道《あくぎゃくひどう》の罪を犯した極悪人です。中には人殺しの押し込み強盗もおるのです。そのような極悪人のいるところに、あなたは金輪際《こんりんざい》足を踏み入れてはなりませぬ」

「たとえ極悪人であっても、病人や怪我人を治療するのが、私の…医師の務めでございます」

「しかし、佐枝殿——」

「それとも、剣崎様は、私が女子《おなご》である故、そのようにおっしゃるのでございますか？」

「…………」

強い語調で問い返されて、鉄三郎は容易く言葉を失う。

「だとしたら、女子には医師の資格がないということになります」

「そ、そんなことは言っておりません」

鉄三郎は夢中で主張した。

「ただ、佐枝殿のようなお人に、罪人などと関わっていただきたくないのです。それだけです」

「ですが、たとえ罪人といえども、医師の治療が必要なときは……」

「罪人に、医師の治療など必要ないッ」

佐枝の言葉を途中で遮《さえぎ》り、鉄三郎は思わず言い放った。

「え？」

そのとき佐枝は、一瞬間呆気《あっけ》にとられて鉄三郎を見返していたが、なにか常の彼とは違う、異なる気色《けしき》を感じとったのだろう。

「あ、いや、その…それは、佐枝殿がそんな真似をする必要はない、という意味で……」

「なにやらひどくお疲れのご様子、私はこれにて失礼いたします、剣崎様」

さすがに己の失言に気づき、鉄三郎は慌てて言いかけるが、佐枝はその場で一礼するとすぐさま踵《きびす》を返して足早に立ち去った。小者の六助も、すぐそのあとに続いて行く。

（佐枝殿……）

そのひとの後ろ姿が、己の視界から見る見る去って行くのを、鉄三郎は茫然と見送った。

「よいのか、剣崎」

その鉄三郎の背に、背後から不意に呼びかける者がある。

声を聞き、鉄三郎は瞬時に凍りついた。

「追いかけて、送ってさし上げたほうがよいのではないか？　極悪非道の大罪人どもがおるような屋敷のまわりはなにかと物騒だぞ」

「…………」

仕方なく振り向いてはみたが、狼狽《ろうばい》した鉄三郎は咄嗟《とっさ》に返す言葉もない。

渡り廊下の端から鉄三郎に向けられた森山孝盛の目は、別段怒っているようには見えなかったが、彼が鉄三郎と佐枝のやりとりの一部始終を聞いていたとしたら、怒って当然ではあった。現に心中では、

(なんと、ひどいことを言うのだ。我が妻や子は、その人殺しの極悪人どもと同じ邸内に起居しておるのだぞ。……望みもせぬのにな)

ひどく憤慨していた。

ただ、鉄三郎の狼狽《うろた》えぶりが微笑ましく、怒る気にはなれなかった。

「お頭……」

鉄三郎はすぐに森山の面上から視線を逸らし、その場で深く項垂《うなだ》れた。

「も、申し訳ございませぬ」

「詫びずともよい。そちの申すとおりだ。極悪人どものおる火盗の役宅などに、若い娘御が出入りしてはならぬ」

「それは、その……決して、そういう意味ではございませぬ」

項垂れきった精悍な顔が、羞恥と悔恨で真っ赤に染まっている。

(鬼剣崎も、人の子だな)

その様子を見て、森山は益々喜ばしく思った。

それ故森山は、

「そんなことより、剣崎、早くあの女先生を追いかけよ。いまならまだ、間に合うぞ」

「いえ……」

躊躇う鉄三郎を、森山は強く促した。

「かなり、不興を買っていたではないか。このまま帰しては、嫌われてしまうぞ」

「え？」

「いいから、早く行け」

「はっ、失礼仕《つかまつ》りますッ」

再度促され、鉄三郎は弾かれたように駆け出した。佐枝の立ち去ったあとを追って
——。

（よい齢《とし》をして世話の焼ける奴じゃのう）

燃えるような黄昏の陽を背負ってゆく男の後ろ姿を、森山はあきれる思いで見送っていたが、やがて無意識にその口許が弛《ゆる》み、堪えようのない笑いが込み上げた。

（あれではまるで、前髪だちの小僧ではないか）

日頃の鉄三郎を知るだけに、その可笑《おか》しさは一入《ひとしお》であった。

四

佐枝の治療の甲斐もあってか、金太の容態《ようだい》は、翌日にはかなり回復していた。

自ら粥《かゆ》を啜《すす》ることも、会話をすることも可能であったが、それでも鉄三郎はなお数日のあいだ、彼を詰問することを篦たちには厳しく禁じた。

「あの者からは、おそらくなにも聞き出せないかと存じます」

という寺島の言い分はおそらく妥当であろう。責めをうけて口を割るような者であれば、そもそもあそこまで痛めつけられることは望まない。最初の自白が嘘だとバレた時点で、ひどい拷問をうけることになるのは容易に想像できた筈だ。

それでも金太は、何一つ真実を口にしなかった。

(或いはそれこそが、奴がこの火盗の役宅に送り込まれてきた目的ではないのか)

《狐火》の仙蔵の手下を名乗る金太が、かつて仙蔵の一味にいたという勘吉のいる同じ火盗の役宅に捕らわれている。偶然である筈がない。両者に何らかの繋がりがあるとすれば、裏で糸を引いているのは山賀三重蔵に相違あるまい。

(では、金太を送り込んだ山賀の目的は、一体なんんだ?)

山賀は、かつて火盗改の役宅に大勢の賊を侵入させ、森山の妻や子を人質にとって邸内に立て籠もる、という、火盗側にとっては悪夢のような事態を引き起こさせた張本人である。その際、賊を邸内に引き入れるために、予《あらかじ》め、己の手の者を、屋敷の使用人として潜り込ませた。

その折の苦い教訓を生かし、屋敷の主人である森山は、新しく使用人を傭う際、厳しくその身元を確かめるようにしている。それ故、最早容易に、間者《かんじゃ》を邸内へ忍ばせることはかなわない。

使用人として潜り込ませるのが難しいとなれば、あとは罪人として送り込むことだが、罪人の場合、当然四六時中牢に囚われたままだ。使用人と違って邸内を自由に歩きまわることはできないから、間者としてさほど用が足りるとは思えない。

(だが、そんな囚われの囚人にもできることがあるとすれば……)

「お前たちと言葉を交わすことだ」

鉄三郎は断言した。

鉄三郎の言うお前たちとは、その場に控える筧、寺島たちのことにほかならない。

そのとき、寺島は少しく驚いた顔をしたが、案の定筧は何処吹く風で、

「それがしたちと言葉を交わすことが、奴の目的なんですか？　だったらなんで、素

直に吐かねえんでしょう。同心と罪人が言葉を交わすとしたら、責められて、吐くか吐かねえか、それだけでしょうに」

まるきり見当外れのことを言った。

金太を責めすぎて半殺しにしかけたことについても、さほど反省している様子はない。

（こやつは……）

鉄三郎は流石《さすが》に甚だ呆れた。

「なあ、ゆきの字、そんな目的で手下をここへ送り込んだとしたら、山賀って奴ァ、とんだ大間抜けだよなぁ。それがしたち火盗の同心が、なんで、罪人なんぞと気安く言葉を交わすと思うかね。……罪人と、のんきに世間話なんかするわけねぇじぇねえか」

（あんたは充分喋ってたよ）

口には出さずに、寺島は無言で寛を見返した。鉄三郎の言わんとすることは充分理解できたが、それに対して容易く応じることができぬのは、矢張り先日鉄三郎からくらった、

「小賢しいッ」

との叱責が応《こた》えているが故だろう。

それ故、篤と同様、なにもわかっていないような顔で、口を閉ざしていた。

（こやつ、空惚《そらとぼ》けおって――）

内心舌打ちしつつも、

「《黒須》の勘吉という男を、どう思う、《姫》？」

鉄三郎は、寺島に問いかけた。

その真っ直ぐな視線に促されては、さすがに黙っていられない。

「あの貫禄と風格、到底なんの下調べもせず偶々《たまたま》出くわしたお店に押し入り、容易にお縄になるようなこそ泥とは思われません」

寺島は淀みなく答え、

「俺もそう思う」

鉄三郎はあっさり同意した。

（あ……）

その途端、寺島の表情に、見る見る本来の明るさが戻ってゆく。

「それ故、勘吉が、山賀から請け負った事案がなにかを探ろうとするよりも、《狐火》の仙蔵のその後を調べるほうが、存外近道とは思わぬか？」

「なるほど、山賀については一言も語ろうとしなかった勘吉が、《狐火》一味についてのお頭の問いかけには易々と口を開いたのでしたな」

寺島は更に顔を輝かせる。

「まあ、少々古傷をいたぶりすぎたようで、すっかり怒らせてしまったようだがな。……ともあれ、盗っ人のことは密偵に任せるとして、問題は金太だ」

少しく自嘲の笑みを口辺に滲ませてから、すぐ真顔に戻って鉄三郎は言う。

「金太は、佐枝先生の手当を受けねば、或いは死んでいたかもしれん。一度火盗改の牢に囚われれば、珍しいことではない」

「では奴は、自ら死体となるために、火盗に捕らえられた、ということでしょうか?」

「そうとしか、思えぬ」

「まさか……」

「だが、死ねば牢から出ることはできる。死体を、回向院《えこういん》の小者が引き取りに来るまで、裏門の前の土蔵に安置されるが、見張りはつかぬ。当たり前だ。死んでいるのだからな」

「死んだふりをする、ということですか?」

「そういう特技があるからこそ、送り込まれたのかもしれぬ。……如何に佐枝殿の医術が優れているとはいえ、殆ど半死半生だった者が、ほんの数日であそこまで快復すると思うか？」

「では、はじめから、さほどの怪我ではなかったということですか？」

「拷問から逃れたい一心で、さほどの痛手でもないのに大仰に騒ぎ、苦しんで見せ、いまにも死にそうな虫の息の芝居をする。そういう芸当のできる罪人を、俺はこれまで数多く見てきたぞ」

「…………」

寺島は絶句し、一瞬間無言で鉄三郎を見返した。しかる後、

「では……」

考えながら、再び話し出す。

「では、金太は…奴の役目は、火盗改にわざと捕らえられ、責めのあいだに、我らが何気なく交わす言葉の端々からなにがしかの情報を得、やがて死んだふりをして拷問から解放されるとともに、役宅内を自由に動きまわり、更に多くの情報を得る、ということですか」

「まあ、そんなところだろう。或いは、死体として土蔵に安置された後、なにか邸内

で騒ぎを起こすような指図を受けているかもしれぬ」

「とはいえ、牢から出られなければ、なにもできませんね」

「それ故、出してやろうと思う」

「え？」

寺島は容易く絶句する。

「一体なにをするつもりでこの火盗の役宅に来たのか、知りたいではないか」

「それは、そうですが……しかし、危険すぎませぬか？」

寺島が案じているのは、少し前の、《鉄輪《かなわ》》の敏吉《びんきち》一味残党による、役宅侵入及び、立て籠もり時のような事態が出来《しゅったい》しないか、ということだ。それ故言葉少なく、鉄三郎に向ける視線も遠慮がちだった。

あの件は、なんとか表沙汰にせず隠しおおせたとはいえ、火盗改の同心にとっては、己の無力と無能をいやというほど思い知らされることになった屈辱的な出来事であった。忘れようとて、忘れられるものではない。

「なにができると思う？」

「え？」

「単身囚われ、厳しい責めによってそれなりの痛手を被《こうむ》った男が、仮に自由な身の上になったとして、なにができる？　邸内に火を放ち、門を開けて外から味方を引き入れる？　そんな八面六臂《はちめんろっぴ》の活躍ができると思うか？」

「…………」

「できるわけがない。できるとすれば、せいぜい、死体として屋敷の外に出され、そこから、仲間のもとへと注進に走るくらいだろう」

鉄三郎は断言した。

言われてみればそのとおりだ、と寺島も納得した。一度通用した手が、次も通用すると思うのは、所詮愚か者の思案である。賢い者なら、たとえ一度は成功しても、二度目はないということを充分承知している。

「では、再び金太を責めますか？」

「ああ、《狐火》の仙蔵について、なにか調べがついたあたりでな」

少しく口許を弛めた鉄三郎の顔を、寺島は惚れ惚れとした目で見返した。

鉄三郎の知恵と胆力に比べたら、己の小才など、所詮小賢しいだけのものだ。

「それ故、今後金太の取り調べは、《姫》の仕事だ」

「え！」

鉄三郎の言葉に目を剝いたのは、言うまでもなく寛である。

「どうしてですか?!」

それまでの、鉄三郎と寺島の会話の意味はほぼ理解できていないが、己の担っていた仕事の権利が寺島に移った。それだけは、はっきりと理解できたのだ。

「金太の野郎を吐かせるのは、それがしの仕事です、お頭ッ」

「たわけッ」

そんな篤を、頭ごなしに鉄三郎は叱責した。

「貴様は金太を殺しかけたであろうがッ」

「で、ですから、今度は絶対うまくやりますからッ」

篤は必死で言い縋《すが》るが、

「駄目だ。お前は、俺がよいと言うまで責め部屋には入るな」

鉄三郎はにべもなく答え、更に、

「取り調べをしてはならぬが、遊んでいてよいと言っているわけではないぞ、篤。密偵たちとともに、《狐火》の仙蔵が何処でどうしてるか、調べてこい」

厳しい口調で言い放った。

「わかったな?」

「ははーッ」

念を押されると、篤は反射的に平伏し、恭《うやうや》しく拝命した。それがいつもの癖だからにほかならない、もとより、言い返したい言葉は山ほどあるが、できる筈がないこともまた、わかりきっていた。

「ゆきの字ッ、てめえ、この野郎ッ」

与力詰所を出、廊下を、同心部屋へ向かって歩き出すや否や、篤は不意に足を止めて寺島に向き直り、その胸倉に摑みかかろうとした。

間一髪でそれを躱《かわ》しざま、

「なんです、いきなり」

寺島は露骨にいやな顔をする。

「危ないでしょう、篤兄――」

廊下は狭いし、鉄三郎のいる部屋から、まださほど離れてもいない。こんなところで騒いでいると、何《いず》れ鉄三郎の耳に届いてしまう。そんなこともわからず、闇雲に吠え立てる篤の鈍感さが、さすがに不快であった。

「てめえ、俺の手柄を横取りする気なんだろうがッ」

「…………」

「ちょっとばかし頭がいいからって、調子のってんじゃねえぞッ」

破落戸《ごろつき》の言いがかり同然な筧の言い草に流石《さすが》にげんなりし、言い返す気にもなれない。仕方がないので、少しでもその場から離れようと、足を速めた。

「待てよ、てめえ！」

「騒ぐな、篤兄。…お頭に聞こえる」

「…………」

寺島の言う意味を理解したのか、筧は一瞬間口を噤《つぐ》んだが、

「だいたい、その小生意気な口のきき方が気にくわねぇんだよ、てめえは」

すぐまた寺島を罵《のの》りだす。だが、

「畜生、俺にも、お前くれえに勘働きができりゃあよう……なんで俺は、こんなに馬鹿なんだ」

乱暴な口調でありながら、筧の言葉のうちには、次第に哀しみの気色が満ちてゆく。寺島への八つ当たりが、全くのお門違《かどちが》いであることは、筧自身にもよくわかっているのだ。わかっているが、言わずにはいられない。筧の心中が、寺島には充分理解できた。

「お頭は、気がついてますよ」

仕方なく、寺島は話題を変えることにした。

「え？」

「篤兄の様子が近頃おかしいってことにさ」

「てめ、お頭になにか密告《チク》りやがったのかよ」

その途端、寛は再び満面に怒気を漲《みなぎ》らせる。

「なにも密告《チク》っちゃいないよ」

「じゃあ、なんで――」

「あのお頭の目を、誤魔化せるわけないだろ。このままお役目を疎《おろそ》かにしてると、篤兄が、陽花楼《ようかろう》の妓《おんな》に入れ込んでるってことまで、お頭に知られちまうぜ」

「なんだと、この野郎！　いつ俺がお役目をおろそかにしたってんだッ！」

「馬鹿みてえに金太を責めたのも、さっさと奴を吐かせて、一刻も早く小桜のとこへ行こうと思って焦ったからだろう」

「…………」

痛いところを鋭く衝かれ、寛は容易く言葉を失う。

「お頭にはすべてお見通しなんだよ。だから、篤兄に、罪人の取り調べをお禁じになったんだ。いまのままの篤兄じゃ、また同じことを繰り返すだろうから」

「…………」

「お頭の信頼を取り戻したいなら、手柄をたてるしかないよ」

萎《しお》れきった筧に向かって、寺島は慈雨の如き言葉を向ける。

「え？」

「《狐火》の仙蔵の行方を、一刻も早く捜し出すんだよ、篤兄。いま、お頭が最も知りたいのは仙蔵の行方なんだから」

「そ、そうなのか？」

筧は祈るように一途な目で寺島を見返した。寺島は大きく肯いてみせてから、

「お頭は、なんとか篤兄に手柄をたててほしくて、このお役目をくださったんだよ。このお心遣いを無下《むげ》にしたら罰が当たるよ、篤兄」

優しい姉のように柔らかな口調で述べた。

「う、うん」

見る間に生気を取り戻した筧もまた大きく肯くと、

「俺は、仙蔵を探しに行くから、金太の取り調べは頼んだぜ、ゆきの字」

最前までとは別人のように朗らかな顔つきになって言い、言ったそばから踵を返す。

「わかりました。金太のことは任せてください、篤兄」

駆け出す寛の背に向かって答えつつ、

（ったく……）

寺島は内心苦笑した。

四六時中粗暴な口をきき、ときには口より先に手を出してくることもある。兎に角、言うことは無茶苦茶だし、あまりに単純すぎるその思考に困惑させられることも屡々《しばしば》だが、それ故にこそ、寺島にとっては唯一無二の憎めぬ先輩であった。

五

《狐火》の仙蔵。

先頃死んだ《鉄輪》の敏吉と同じく、きれいな盗みをすることで知られた盗賊である。

盗みに入るその当夜、店に潜り込ませた手下によって、家族家人の食事や水に眠り薬を入れてぐっすり眠らせてしまうため、彼らは朝まで目覚めることはなく、目覚めたときにはすべてが終わっている。通常、押し込みの者が最も嫌うのは、人相や身体的特徴を家の者に見られ、それを火盗や町方に証言されることだ。それ故、盗みそのものにあまり手間をかけたくない杜撰《ずさん》な盗っ人は、屢々一家皆殺し、という惨い方法をとる。目撃者を遺さぬためである。

「盗みは罪だが、そこに人殺しの罪を重ねぬというのは褒めてよい。命の尊さを知るが故のことだからだ」

長谷川がよく口にしていたことを思い出す。

若い頃の鉄三郎は血気盛んで、盗賊と見れば、それがどんな類《たぐい》の盗賊であれ、闇雲に捕らえるべきだと考えていた。だが、長谷川の考えは少々違っていて、命の尊さを知る、情けある盗賊には、それなりに情けをかけるべきだ、と常々言っていた。

実際彼は、そうした盗賊たちを捕らえても重くは罰せず、ときには密偵という役を負わせることで自由の身にしてやることさえあった。

「仙蔵は、遠州屋の盗みの後、手下どもに金を分け与えて隠退すると告げ、上方《かみがた》へ去った、と言われています」

居酒屋《よし銀《ぎん》》の主人・銀平《ぎんぺい》は、鉄三郎の猪口《ちょこ》に銚釐《ちろり》の酒を注ぎながら淡々と述べた。

銀平も足を洗って久しい筈だが、盗賊の世界の事情には、いまなお詳しく通じているようだ。

「上方でなにをしているんだ？」

「さあ、そこまではわかりませんが。……一生遊んで暮らせるだけの金があるんです。悠々自適《ゆうゆうじてき》に暮らしてるんじゃありませんかね」

「羨ましいかな。…不浄の手先となってこき使われている身にしてみれば――」

「お戯《たわむ》れを」

銀平はさすがに苦笑したが、存外痛いところをつかれたようで、銚釐に酒を注ぐ手がしばし止まった。

「ですが、剣崎様」

それからふと、銀平は顔つきを改めて言った。

「たとえ上方でお大尽の暮らしをしていようが、遅かれ早かれ、戻りたくなるもんですよ」

「ん？」

「じきに、元の暮らしに戻りたくなります」

「仙蔵がか？……元の暮らしというのは、元の盗っ人の暮らし、ということか？」

「盗っ人ってのは、はじめは生きてくために盗っ人に身を落とすわけですが、日々それを生業《なりわい》とするうちに、それが次第に楽しくなってまいります。盗みを重ねても、捕まりもせず、まんまとお縄を逃れてることが嬉しくて、調子にのるんです」

どこか他人事《ひとごと》のような口調で、淡々と銀平は述べる。

「盗っ人は、どこまでいっても盗っ人ですよ。……長年盗みに手を染めた者が、なんのお咎めも受けず、のうのうと暮らしてゆくことなど、できません。だからこそ、一度はお縄になって、お咎めを受けなきゃいけねえんです」

「ふむ……そういうものかな?」

「そういうもんでございますよ、剣崎様」

どこまでも淡々と言葉を継ぎつつ、手許の魚に包丁を入れ続ける銀平の顔は、悟りきった哲人のようにも見え、鉄三郎はしばし呆気にとられる。

「お天道様《てんとさま》ってやつぁ、案外ちゃんと見てくれてるもんだと、俺は思います」

「そうかもしれぬな」

一抹《いちまつ》釈然としない思いを懐《いだ》きつつも、鉄三郎は銀平の言葉に肯《うなず》いた。

銀平は、先代組頭である長谷川によって捕らえられ、長谷川の人柄に魅せられて密偵となった男だ。ほんの五、六年前まで、《鵲《かささぎ》》の銀平という二つ名で呼ばれ、江戸のまちを騒がせていた。

しかも銀平は、密偵の中では珍しく、一味の頭を務めた男だ。或いは、仙蔵の心もわかるのかもしれない。

第三章　夢にも知らず……

一

数日後。

鉄三郎の命《めい》を請《う》け、仙蔵の行方を追っていた密偵たちは、意外な報告をもたらした。

「仙蔵は、今年の春くらいに、江戸に行くと言い残して、上方《かみがた》の隠れ家を発ったようなんですが、江戸には着いちゃいません」

「どういうことだ？」

「途中で、消息を絶ってるんです」

と答えたのは、《早駆《はやが》け》の新左《しんざ》と異名をとった、速歩《はやあし》自慢の密偵である。盗賊時代から、仲間と仲間の間を自慢の足で駈けまわり、ツナギをとる役目を担っていた。

そのため、顔も広い。

「途中とは？」

「おそらく、甲州路の犬目《いぬめ》か野田尻《のだじり》あたりかと――」

「行ってきたのか？」

「はい。犬目峠を越える際、仙蔵らしき人物を客にした、という馬子《まご》に話を聞いてまいりました」

「だがお前は仙蔵の人相を知らぬ筈ではないか」

「知り合いに、仙蔵の下で仕事をしたことのある者がおりまして、詳しく聞き出しました」

「そうか。……しかし、犬目峠を越えた仙蔵は、一体何処へ消えてしまったんだ？」

「それが、さっぱりわかりませぬ」

「何処かで命を落としたのであろうか？」

「命を落としたのであれば、何処かで遺体が見つかる筈です」

「仙蔵は、如何にも裕福そうな、大店《おおだな》の隠居という風情で旅をしていたのではないか？」

「おそらく、そうだと思いますが……」

「だとしたら、その犬目峠の馬子とやらが、金目当てに仙蔵を殺し、峠の何処かに埋めてしまったとも考えられる」

「まさか……どう見ても普通の馬子でしたし、老いたとはいえ、仙蔵ほどの者が馬子にやられるとは思えません。何人もの敵に襲われたというなら話は別ですが――」

「では、その馬子が仲間の馬子数人を誘って襲ったのかもしれぬ」

「ですが、仙蔵が姿を消したのは、犬目宿を出たあとなんです。馬子を雇ったのは、下鳥沢《しもとりさわ》から犬目宿に向かう途中の峠です。峠道を下りきったところで、仙蔵をおろした、と言ってました。仙蔵のあとを追って、わざわざ宿場一つ先回りしますかね」

「そりゃあ、するだろう。大金が手に入るんだからな」

と鉄三郎は言ったが、言葉とは裏腹、その馬子を本気で疑っているわけではない。新左の言った、複数の敵から、という言葉にこそ、関心を抱いている。

(仙蔵は、何者かによって捕らえられ、連れ去られたのではないか?)

鉄三郎がそう考えはじめた矢先――それから数日後に、銀平が江戸に戻ってきた。

「仙蔵は犬目宿で一泊し、翌明六ツ前には宿を発ったようです。隣の野田尻までは僅か三十一町。一刻とはかかりません。間違いなく、仙蔵は犬目を出てすぐ、姿を消しております」

鉄三郎への報告のため、足の速い新左を一足先に帰し、自分は、更に詳しく仙蔵の足どりを追っていたのだろう。実に銀平らしい、そつのないやり方だった。

「あのあたりは、険しい山道だ。老齢の仙蔵は足を滑らせて谷底へでも転がり落ちたのかもしれんな。……なにしろ、若くて健脚の《姫》ですら、一度落ちた」

「寺島様は、鉄砲で狙われてのことですから、仕方ありませんよ」

鉄三郎が冗談めかして言ったため、銀平もつい苦笑を漏らす。それからつと表情を引き締め、

「もし仙蔵が、山中で自ら谷へ落ちるなどして行方不明になったのであれば、手下の誰かが探しに来る筈です。ですが、その形跡はどこにもありません」

と淀みなく言い切った。

「手下が？」

鉄三郎は少しく訝《いぶか》る。

「五年前の遠州屋への押し込みの後、地方へ散った《狐火》一味は、仙蔵の言いつけを守り、決して江戸へ足を向けることはなかったのですが、このところ、江戸市中で奴らの姿を見かけることが多くなりました」

「どういうことだ？」

「仙蔵の言いつけには絶対に従う筈の手下どもが、仙蔵の言いつけに背《そむ》くなど、よくよくのことでございます」

「うん」

もとより、そんなことは言われずとも、わかっている。

「仙蔵は、何者かによって捕らえられたのではないでしょうか」

銀平は漸《ようや》く、鉄三郎の期待する言葉を口にした。

「何故、そう思う？」

「仙蔵の身になにかが起こったとすれば、手下は直ちに仙蔵の捜索に向かう筈なのに、一向にそれをしない。それはつまり、仙蔵の居所が、奴らにもわかっているからではないでしょうか」

「お前の言うことは飛躍しすぎていて、どうもよくわからんな。先ず、江戸に下ろうとしていた仙蔵が犬目宿を出てすぐ姿を消せば、手下がそれを探しに行くのが当然のような言い方をするが、それはどうしてだ？」

「それは……」

「つまり仙蔵は、地方に散った手下どもと定期的にツナギをとっていた、ということだな？　だから手下は、仙蔵の消息を知っていた。だが、何故だ？　一味を解散し、自らは上方で伸び伸びとお大尽の暮らしを楽しんでいた筈の仙蔵が、何故手下と密に連絡をとりあう必要がある？　おかしいではないか？」

「さあ…手前には、わかりかねますが……」

銀平は苦しげに口ごもったが、

「お前の言ったとおりだったというわけだろう、銀平。つまり仙蔵は、江戸で再び盗みをしようとしていたということだな？」

「………」

鉄三郎に易々と言い当てられると、そのまま気まずげに口を閉ざすしかなかった。

まさか、先日店で鉄三郎に対して語った持論が、こんなに早く実証されるとは思いもよらなかったのだ。

いや、あの折は、鉄三郎にも指摘されたとおり、かつての仇敵《きゅうてき》であった火盗改の走狗《そうく》と化している自分と、盗っ人稼業の稼ぎによって悠々自適な暮らしを謳歌しているであろう仙蔵の恵まれた境遇を、些《いささ》かなりとも不公平と思った。その思いが、つい説教臭く——且《か》つ嫉妬じみた言葉となって口をついた。もとより、己の身の内から出た、己の考えであることは間違いないが、その根底に、仙蔵への妬《ねた》みと羨望が僅かもなかったかと問われれば、「否」と言い切れる自信はない。

その気まずさで、銀平は容易に言葉が発せられなかった。

一方口を閉ざした銀平をよそに、鉄三郎には鉄三郎の思案がある。

（そもそも、勘吉のような男が、火盗が怖いから一味の頭を引き継ぎたくない、などという理由で、大切な頭の許を去るわけがない）

常に、お店の者を、一人たりとも殺さず傷つけずに盗みを完遂した《狐火》の仙蔵と《鉄輪》の敏吉の二人には、共通点があった。

ともに、己の手下たちから全幅の信頼を寄せられ、慕われていた、ということだ。

それ故にこそ、《鉄輪》の残党は、火盗改の役宅に押し入るような無謀な真似もしてのけた。

頭のためなら、己の身の危険など、少しも顧みない。

だとすれば、《狐火》の一味もまた、自分たちのお頭のためなら、命を懸けることだろう。

（となると、あとはあやつに聞くしかあるまいな）

鉄三郎が思案を固めたのとほぼ同じ瞬間、

「そういえば、筧の旦那が、甲州道中の難所という難所を、走りまわっておられます」

ふと思い出したように銀平が言った。

「なに、篤が？　お前たちとともに、甲州路まで出向いたのか？」

「はい、旦那は江戸で、我らの報せを待っててください、とお願いしたんですが……」

「それは、すまなかったな。さぞや足手纏《まと》いになったことだろう」

「いいえ、決してそんなことは……」

銀平が真顔で首を振ったのは、即ち肯定の意味に相違なかった。

(少し強く言い過ぎたかな)

勘のよい密偵たちに向かって見当違いの意見を言い、顰蹙《ひんしゆく》を買いまくっているであろう痛々しい篤の姿がありありと脳裡に浮かび、鉄三郎は自らを省みた。

だが、その次の瞬間、

「その日仙蔵が、確かに、明六ツには犬目宿を発ったということを、宿場の宿を一軒一軒聞き込んで確かめてこられたのは、篤様です」

銀平は言い、鉄三郎を刮目《かつもく》させる。

「半年近くも前のことですよ。旅人なんか、毎日来て毎日去るんです。その一人一人を覚えろってほうが、無茶な注文ですよ。それを篤の旦那は、宿の者たちに根気よく聞き込みをして、とうとう聞き出したんです」

「篤が？」

「はい。なんとしても、仙蔵を探し出すのだそうでございます」

「そうか」

肯《うなず》く鉄三郎の口許《くちもと》が、無意識に弛《ゆる》んだ。

(薬が効きすぎたかな)

己を省みつつも、鉄三郎はそれを少しく歓んでいた。と同時に、折角馴染みとなった妓《おんな》の許へ通うことも諦め、一心に勤めに励んでいる篢が、不愍《ふびん》にも思えた。


「また、来たんですかい」

鉄三郎の顔をひと目見るなり、牢の中で静かに一人端座していた勘吉は、露骨に迷惑そうな顔をした。

「まあ、そう言うな」

鉄三郎は苦笑しつつ、

「今日は少し世間話でもしようではないか」

牢の前に悠然と腰を下ろす。

「火盗の旦那と盗賊のあっしが、一体なんの話をするって言うんです。ふざけるのも、大概にしてくださいよ」

「おいおい、ご挨拶だな。火盗と盗っ人は、そもそも鼠《ねずみ》と猫《ねこ》のようなものではないか。これほど親しい関係はないぞ」

「所詮《しょせん》盗っ人が鼠で、猫の旦那がたに追っかけられるってことでしょう。もうとっ捕まってる鼠には、猫に食われるほかに、どんな生きる術《すべ》があるんでしょうね」

「お前がそう不機嫌になるのは、何者かによって連れ去られた仙蔵の安否が気がかりなのだろうが――」

「…………」

鉄三郎が終《しま》いまで言い切らぬうちに、勘吉の表情は一変した。その激変を見た瞬間。

(矢張り、そうか――)

鉄三郎は、己の考えの正しさを確信することができた。

「な、なにをわけのわからねえことを言ってんです。…鬼の剣崎様も、世間を騒がす《雲竜党》をどうにもできねえってことで、すっかりヤキがまわっちまったんですかね」

だが勘吉は、なお懸命に、己の胸にあるその秘事を隠そうと努《つと》める。

「お前たち《狐火》一味……いや、お前は、仙蔵の命とひきかえに、《雲竜党》の山賀三重蔵からなんらかの取り引きを持ちかけられ、そしてそれに従うしかなかった。……それ故お前はいま、俺の前にいるのだろう、勘吉」

鉄三郎は一切の表情を消し、重々しく述べた。

「仙蔵の命とひきかえに、なにを請け負ったのかは知らぬが、畢竟《ひっきょう》仙蔵は殺されるだろう」

「な、なに言いやがるッ。お頭が、そんなことになって、たまるかッ」

すると忽《たちま》ち、勘吉は別人のように取り乱し、声を荒げて立ち上がる。

「てめえを殺しさえすれば、お頭は助かるんだ、剣崎ッ！」

「なるほど」

牢格子を引っ摑みながら放たれる勘吉の必死の叫びを、ほぼ無表情に鉄三郎は聞き流した。

「山賀三重蔵にどういう思惑があるかは知らぬが、容易なことでは、儂は死なぬぞ」

「…………」

「だいたい、一介の素浪人に、火盗改の与力を殺すほどの力と知恵が本当にあると、お前は思っているのか、勘吉？」

「…………」

「山賀やお前たちが、俺に対してなにか仕掛けてくるよりも、俺の部下が囚われた仙蔵を、見つけるほうが、ずっと早いと思うぞ」

「え？」

「いま、俺の部下たちは、甲州道中は犬目宿の周辺を虱潰《しらみつぶ》しに捜し回っている。甲州路のあのあたりは、甲州道中でも無類の難所だ。老人とはいえ、大の男一人を無抵抗にさせたままで遠くまで移動するのは無理がある。おそらく、仙蔵はあの山中のどこかに監禁されているのだ」

「どうして……」

茫然と、勘吉は口走った。

「なんで旦那には、そんなことがわかるんです？」

「頭を冷やしてよく考えれば、お前にもわかったと思うぞ、勘吉」

「でも、あっしにはわからなかった……」

牢格子にかけた手に、依然力をこめたまま、だが勘吉はあっさり頽《くずお》れた。

「わからなかったんです……」

頽れた勘吉は低く啜り泣きを漏らす。

「勘吉」

足下に頽れた勘吉を見下ろしながら、鉄三郎は問いかけた。

「お前、本当は、仙蔵のあとを継ぎたかったのではないか？」

「………」

「だが、怖かった、というのも多分本当なのだろうな。火盗改の厳しい探索の目をかいくぐり、一味を率いてゆく自信はなかった。それは、本音なのだろう」

「………」

「仙蔵は、必ず助ける」

鉄三郎は断言した。

「旦那……」

「なんだ？」

「旦那は、怖くないんですか？」

「なにがだ？」

「《雲竜党》みてえな無茶な連中に恨まれて、命も狙われて、本当に怖くねえんですかい？」

「全く怖くない、と言えば嘘になる。だが、本気で怖がっていては、このお役目は勤まらぬ」

「…………」

朗《ほが》らかに言い放った鉄三郎の顔を、勘吉は茫然と見つめ返した。この男は、何故そのように悲壮な言葉を、文字どおり世間話でもするような顔つきで述べることができるのか。

しばし勘吉なりに思案していたようだが、やがて意を決した顔つきになり、

「旦那、山賀は――」

その口を開きかけた。だが、

「いや、山賀がお前になにを命じたか、それを聞くのは、仙蔵を無事救出してからにしよう。火盗が空手形を出したとあとで文句を言われても困るからな」

その言葉を遮《さえぎ》り、鉄三郎は言った。

勘吉はしばし呆気にとられて絶句していたが、力強い鉄三郎の言葉を胸に反芻《はんすう》するうち、再びなにかがこみ上げてきたようで、見る見るその目に涙を滲ませた。

二

帰り際、森山に呼ばれたので、鉄三郎が役宅の彼の居間を訪れると、

「たまには儂と酒でも飲まぬか、剣崎」

と、部屋には予《あらかじ》め酒肴《しゆこう》の膳が用意されていた。

森山には、先日診療所の佐枝に対する失言を聞かれてしまっているし、無下《むげ》に断るわけにもいかなかったので、

「頂戴いたします」

素直に応じた。

森山が手ずから注いでくれる酒を何度か飲み干し、鉄三郎からも森山の盃《さかずき》に注ぎ返したところで、

「そういえば、剣崎――」

やや不自然な感じで、森山は切り出した。おそらく本題に入ろうとしているのだろう、と鉄三郎は察した。だが、

「あれから、女先生とは話をしたか？」

森山は、全く予想外の問いを発し、鉄三郎を困惑させた。

「…………」

「間に合わなんだのか？」

「いえ、あの……」

困惑した鉄三郎は容易《たやす》く口ごもる。

「間に合ったか？」

「はい……間に合いました」

仕方なく、鉄三郎は答えた。

「それで？」

「はあ……」

「失言の撤回はしたのであろうな？」

「まあ、撤回といいますか……それがしが、少々不適切な発言をいたしましたことは謝罪し、理解してもらえたかと……」

「そうか。それはよかった」

森山は満面の笑みをみせ、盃の酒を飲み干した。

「女子《おなご》は、一度臍《へそ》を曲げると、末代まで祟《たた》るようなところがあるからのう。拗《こじ》れぬうちにわかってもらえてよかったのう、剣崎」

「は、はい……」

満面の笑みからの森山の返杯を受けながら、鉄三郎は依然として困惑したままである。

全体森山は、何のために自分を呼んだのか。まさかとは思うが、自分と佐枝とのことを肴《さかな》に酒を汲むためだけに呼ばれたのか。考えるほどに、混乱をきたしたが、

「ところで、剣崎――」

口調を改めたときには、森山の面上から上機嫌の笑みはすっかり消えている。

「囚人の金太とやらを邸内に放ち、その者が一体なにを為すつもりか見極めるつもりだそうだが――」

（そっちか！）

森山の言葉で、鉄三郎は瞬時に正気に戻ったが、

「やめてもらえぬかな？」

真っ直ぐに瞳を見据えられてしまい、咄嗟《とっさ》に言葉を失った。

「…………」

「こういうことを言うと、どうせそちは、儂のことを臆病風に吹かれた腰抜けと蔑《さげす》むのであろうが――」

「いえ、決してそのようなことは……」

森山の言葉を、すかさず中途で遮ったのは、謂《い》わば条件反射のようなものである。

だが、

「蔑まれても、よい」

森山の言葉は、いちいち鉄三郎の心を刺してくる。こういうときの森山は、なかなか手強《てごわ》い。

「まさか、先日の……《鉄輪》一味の件は忘れていまい？」

「はい」

「あの折、そちは、我が家族を質にとられて動顚し、直ちに突入して賊を捕縛せよ、と命じた儂に、それはいかんと諫言《かんげん》してくれた」

「いえ、諫言などと、そんなだいそれたものでは……」

「諫言してくれた上、我が身をも顧みず、命懸けで我が家族を救ってくれた。有り難い、と思っておる」

「…………」

最早《もはや》返す言葉はなかった。どこまで本気かわからぬ森山の言葉に、鉄三郎はただただ恐懼《きょうく》した。

「あのとき、そちがおらねば、儂は妻や子らの命を犠牲にし、そして今頃、そちの言ったとおり、この上なく後悔していたことであろう」

「お頭、どうかもうそのことは……口にしてくださいますな」

鉄三郎は懸命に言い募るが、森山は一向に聞く耳を持たない。

「それ故剣崎、再び我が妻や子を危険に曝すようなことは、やめてもらえぬか？」

鉄三郎の瞳を見据える森山の目は、もとより真剣そのものだ。

「そちの狙いはわかる。金太とやらを放ち、仲間のもとへはしらせ、そのあとを尾行《つ》けるつもりなのだろう。うまくいけば、一味の大元《おおもと》へ行き着ける。確かによい考えだ。成功すれば、な」

（え？）

森山の必死な顔つきに、鉄三郎はいよいよ戸惑う。

「だが、絶対に行き着けるという保証があるか？」

「…………」

「現に一度、失敗しておるではないか」

と言われてしまうと、鉄三郎には益々返す言葉がない。

森山が言うのは、《鉄輪》一味による火盗改役宅立て籠もりの際の立て役者である《三隅《みすみ》》の虎五郎《とらごろう》のことに相違なかった。虎五郎は、寅三《とらぞう》と名乗って庭師として火盗の役宅に潜り込み、一味を邸内へ引き入れた。更には、一味がお縄になると、事情を知る孫二郎《まごじろう》を破獄させて千駄ヶ谷《せんだがや》の荒れ寺まで導き、そこで殺した。鉄三郎は覚と寺島に命じて虎五郎のあとを尾行けさせたが、見張りをしていた筧の失策から、まんまと虎五郎に逃げられてしまった。

ために《雲竜党》一味の足どりは途絶え、その後の探索は難を極めた。

その折の苦い経験を、よもや忘れた鉄三郎ではない。

「すまぬ、剣崎」

森山は、心底申し訳なさそうに謝罪の言葉を口にした。

「そちを、責めるつもりは毛頭ないのだ」

「…………」

「ただ、我が妻と子らを、金輪際《こんりんざい》、危険に曝したくはない」

申し訳なさそうな口調ながらも、断固とした強い意志のこもる言葉であった。

「わかってくれるか？」

「はい」

「それに、金太とやらの能力が、如何なるものかもわかっておらぬ以上、邸内で放つことは、無謀以外のなにものでもないのだぞ」

ここを先途《せんど》と、森山は強く主張した。

「金太の能力？」

その森山の言葉に、鉄三郎はふと耳を傾けた。

森山は一体何を言い出すのかと疑いながらも、不思議と気になったのだ。

「唐《とう》の国の古い書物に、『列仙伝《れっせんでん》』というものがあるが、そこには、さまざまに不思議な力を発揮したとされる神仙のことが記されている。神仙の中には、遠くの物音から人の話し声まで聞き取ることのできる者もおったそうだ」

「しかし、神仙など、実際に存在する筈もない、空想上の存在ではありませぬか。縦《よ》しんば神仙が実在したとしても、彼らは長年厳しい修行を積み、その域に達したのでございましょう」

「勿論そうだ。儂も、神仙が実在したとは思わぬ。だが、我が国にも、太古より、様々な異能を発揮したとされる者たちの伝説がある。もとよりそれらも、すべて眉唾《まゆつば》ではあろう」

「…………」

鉄三郎は黙って森山の言葉を聞いた。

なんとなく、黙って聞いていなければいけない気がしたのだ。

「だが、根も葉もない眉唾話であっても、人は、なにもない無から、なにかを生み出すことはできぬものだと、儂は思う。大江山《おおえやま》の酒呑童子《しゅてんどうじ》を退治したとされる渡辺綱《わたなべのつな》は、実際には鬼ではなく、鬼のように強い盗賊を成敗したのであろうし、若き日の九《く》郎判官《ろうほうがん》を鍛えたのは、鞍馬山《くらまやま》の天狗ではなく、奥州《おうしゅう》の覇者であった藤原《ふじわら》氏だ。伝説と雖《いえど》も、その元となる実話はある」

酒の酔いも手伝っているのか、森山は饒舌だった。

「で、あるならば、人よりも聴覚の発達した者が実際に存在したからこそ、その能力に長《た》けた神仙の存在が記されたのではないかのう」

「…………」

「その、金太なる者が、火盗内部の情報を収集すべくこの役宅に送り込まれたのだとしたら、当然常人よりはよい耳をしている、とは考えられぬか？……いや、そちにとっては、くだらぬ素人《しろうと》考えに思えるかもしれぬが」

「いえ、断じてそのようなことはございませぬ」

強く否定すると同時に、そのとき鉄三郎は瞳を輝かせて森山を見返した。

「恐れ入ります、お頭」

継いで、恭《うやうや》しく頭を下げる。

「それがし、不明にして、そこまで思い及びませんでした」

素直な言葉である。素直すぎる言葉であるが故に、逆に森山を戦《おのの》かせた。

「剣崎？」

「も、申し訳ございませぬ。…それがしの浅はかな考えから、お頭のご家族を危うくしていたかもしれませぬッ」

遂には、その場に平伏して頭を垂れるのを見るに及んで、森山は絶句するしかなかった。剣崎鉄三郎を、我が膝下《しっか》に跪《ひざまず》かせる——。

もとより、そんなだいそれた望みを懐《いだ》いたわけではない。

ただ、これ以上の面倒はご免だったし、自邸内で騒ぎが起こり、家族に害が及ぶこともできれば避けたかった。それ故、剣崎を説得する術を、昨夜は寝ずに考えたのだ。

森山にも、徒頭・目付の時代から仕えてくれている内与力の一人や二人はいる。彼らは森山の手足となり、役宅内の不穏分子である《剣組》の動向を探っては、森山の耳に入れていた。

少し前、剣崎鉄三郎が、子飼いの同心である筧と寺島の二人に向かって話した内容も、当然森山の耳に入っている。

なにをするのかその目的を知るために、金太を牢から出してみよう、という剣崎の言葉は、とりわけ重い意味をもって森山の胸に響いた。

（冗談ではないぞ）

役宅、と言うが、森山の妻や子がともに起居する私邸である。前回は、不測の事態の出来《しゅったい》に取り乱し、妻子の命を犠牲にしても即刻賊を捕らえよ、などと言ってしまったが、必ずしも彼の本意ではない。

できれば、妻子の身に危険が及ぶようなことは願い下げだ。

それ故、剣崎を説得すべく、懸命に思案した。

森山の見るところ、剣崎鉄三郎という男は、巷間《こうかん》言われるほどの《鬼》でもなければ、《鬼神》でもないようだった。

確かに、その名のとおり、鋼か鉄の如き強い意志は有している。実際、悪人に対しては、鬼ともなる。だが、それでいながら血も涙もあるが故の懊悩《おうのう》を、胸深く秘めている。

だから、情に訴えれば落とせる筈だと森山は考えた。

しかし、簡単に情に訴えるだけでは、逆に言い負かされるおそれもある。

「しかしお頭、《雲竜党》捕縛のためには、いまは、それもやむなきことかと——」

などと、苦渋に満ちた表情で言われてしまえば、森山には逃げ道がない。

それ故、苦しまぎれの『列仙伝』であった。ありもしない神仙の話で鉄三郎を辟易《へきえき》させる。それこそが、森山の真の目的であった。

「金太のことは、いま少し様子をみることにいたします」

「そうか……」

鉄三郎の口から、思いどおりの言葉を吐き出させることに、森山は成功した。

成功したことに内心安堵しながらも、同時に少しく不安でもあった。

剣崎鉄三郎は、果たして己の話のどのあたりで納得してくれたのか。本当に納得してくれたのか。或いは、仕方なくそう言っているだけなのか。

そのあたりをきちんと問い詰めて確認しなければ、到底本当の安堵を得られそうにない。だが、

「いま少し飲め、剣崎」

このとき森山にできたのは、鉄三郎を問い詰めることではなく、ただ彼に酒を勧めることだけだった。

三

「金太の身柄は、数日中に小伝馬町へ送る」

「え？」

「どういうことです?」

寺島と忠輔とは口々に問い返した。

「どうもこうもない。上からの命令だ。町方が、身柄を渡せ、と言ってきたらしい」

多少苛立った口調で鉄三郎は応じる。

「町方が？　どういうことです？　うちで捕らえた罪人を、町方に引き渡す義理はないでしょう。それに、嘘かまことかは別として、《狐火》の一味を名乗っている以上、うちで取り調べるのが妥当です」

「だが、お前たちは奴の口を割らせることができなかったではないか。前のようなひどい責め方をすれば、今度こそ死んでしまうかもしれん。……或いは、そのことが町方に漏れたのかもしれぬ」

「まさか！　ありえませんよ、そんなこと！」

むきになって言い返す寺島を、

「お前たちがしくじったことは間違いなかろう」

強い語調で、鉄三郎は窘《たしな》めた。

「…………」

「どうせ、お前たちでは奴の口を割らせることもできぬのだ。牢屋敷に渡したとて、どうということはあるまい。……それに、元々、こちらも、勘吉の身柄を譲り受けている。一人貰ったのだから、一人返すのは当然だ」

「しかし、お頭……」

「それより《姫》、忠輔、ここだけの話だがな──」

ふと、声をおとして鉄三郎は言いかける。

「あの《真桑》の金太という男、どうやらとんでもない食わせ者らしいぞ」

「え？」

寺島と忠輔は、異口同音に小さく驚く。

「奴がもし本当に、《狐火》の仙蔵の手下だとすれば、の話だが、《狐火》一味は、五年前の遠州屋を最後に、江戸では盗みをしておらぬ。仙蔵は、俺が火盗の同心として初出仕した頃から名を知られていた大盗賊だ。老齢故、それを最後に、隠退したのかもしれぬ」

「そうだったのですか」

「どうりで近頃江戸では名を聞かぬと思いました」

「五年前、一味が遠州屋から盗み出したのは千両箱五つ──つまり、五千両だ」

「はい、覚えております」

　神妙な顔つきで寺島は応じる。

「隠退するのに、なんの不足もない金額だ。手下どもにも均等に分け与えたとしても、仙蔵は残りの余生を悠々自適に過ごせるであろう。たとえ百まで生きるとしてもな」

「いくらなんでも、百までは生きますまい」

　ややズレた返答を寺島はするが、鉄三郎は一向気にしない。

「ところが、仙蔵を殺して、余生を過ごすためのその金を、悉《ことごと》く持ち去った者が、かつての手下の中にいるというのだ」

「なんですと、お頭？　それはまことですか？」

「ああ、密偵が聞きつけてきたことだから間違いあるまい。そして、仙蔵を殺し、金を奪った手下の名が、《真桑》の金太だ」

「えッ⁉」

　再び、寺島と忠輔は異口同音《いくどうおん》の驚きを発する。

「では、あの金太が？」

「ああ、おそらくな」

「なるほど、そういうことなら、奴が、責められもせぬうちから、易々と一味の名を明かしたことも頷けますな」

「頭殺しが元の仲間に知られれば、ただではすまん。《狐火》一味の結束は、岩より固い」

「知られれば、当然金太は命を狙われますね、お頭」

「そのとおりだ、《姫》。それ故奴は身の危険を感じて、自ら火盗改に捕らえられたのだ」

「それならすべて辻褄《つじつま》が合います。頭殺しの裏切り者にとって、火盗の役宅の仮牢ほど、安全な場所はありませんからね」

「だが、牢屋敷には数多くの賊が捕らえられておる。或《あるい》は《狐火》一味の者がおらぬとも限らぬ。…いや、仮に《狐火》一味の者でなくとも、盗っ人の端くれであれば、そのような背信を嫌う筈だ」

「金太は、牢屋敷で殺されますね」

「おそらくな。…牢屋敷に囚われている罪人の数は、ここは比べものにならぬ」

「なにしろ数百人もおるのですから、悪党の世界のこと、何処かでつながっている者同士が顔を合わせることもありましょう」

「それだけ多くの人数が収監されている、ということの意味がわかるか？」

意味深な表情で寺島と忠輔の顔を交互に見遣りながら、鉄三郎は言う。

「一度牢に入らば、そこは最早《もはや》牢役人の権限も及ばぬ別世界、ということだ」

「なるほど。私刑がおこなわれるなど、日常茶飯と聞き及んでおりますが――」

「そういうことだ。面倒な罪人は、牢屋敷へ送り込めば、牢内で始末してもらえる。どんな死に方をしようと、すべて『病死』ということになるのだからな。検死はされぬ」

「それは……なによりでございますね、お頭」

少しの間の後、寺島はニヤリと口許を弛ませた。

「いえ、それがしも、奴にはホトホト手を焼いておりました。このままお解き放ちにでもなればどうしようかと、実は内心ヒヤヒヤしていたのです。外に出して、火盗の責めに耐え抜いた、口ほどにもなかった、などと言い触らされてはたまりませんからな。ああ、よかった。……牢屋敷へ行けば、数日のうちに奴は『病死』しますな」

「ちょ、ちょっと、寺島さん、なに言ってるんです！」

それまで黙って二人のやりとりを聞いていた忠輔が、満面を強張《こわば》らせながら寺島に向かって言う。

「牢内で『病死』って……そんなこと、許されていい筈ありませんッ」

断固として、忠輔は主張する。

若者らしい、実に清々《すがすが》しい主張であったが、言われた寺島も鉄三郎も、ともに困惑した。

「なあ、忠輔、この世の中には、良いと悪いの二つしかないわけじゃねえんだぜ」

「寺島さんッ」

両頬を紅潮させた忠輔が、まるで棘《とげ》だらけの真っ赤な薊《あざみ》の花の如く美しい寺島の顔を見返したとき、

「やめろ、忠輔」

鉄三郎が厳しく止めた。

「若輩の分際で、なにを偉そうに、年長者に食ってかかるか」

「ですが、お頭――」

「ああ、確かに金太は、お前が捕らえた者だ。それ故、最後まで自ら取り調べ、口を割らせたいという気持はわかる」

「では――」

「だが、お前には無理だ、忠輔」

あまりにも残酷すぎる言葉を、至極あっさり、鉄三郎は吐いた。

「長年勤めている篤にも姫にもできなかったことが、お前如き若輩者に、できると思

うか？　たかが、はじめて賊を自ら捕らえたくらいで、図にのるなッ」

「………」

忠輔は絶句した。

可憐な小動物のようなその両目には、忽ち涙が滲んでゆく。じんわりと滲んだものが、見る見る溢れてしまう前に、忠輔は居たたまれず、無言でその場を立ち去った。

鉄三郎と寺島も無言のままそれを見送る。

「泣かせちゃいましたね」

「これしきのことで泣くようでは、忠輔はまだまだだな」

鉄三郎はどこまでも厳しい姿勢を貫いた。

彼らがそんな会話を交わしていたのは、金太のいる仮牢から、少なくとも五十間は離れた吟味所の外の石畳の上だった。心配せずとも、中の囚人の耳になど、届くわけもない。

その筈だったのだが……。

しばし後、鉄三郎が仮牢を見回ると、金太が青ざめきった顔で座っていた。

篦に責められた疵痕《きずあと》も未だ生々しいが、その傷の痛みが、果たして彼に苦渋の表情をとらせているものか。

「………」

鉄三郎の姿を見ると、物言いたげに身を乗り出すが、鉄三郎は黙殺し、そのまま牢内を通り抜けようとした。

もうあと数歩で完全に金太の牢の前を通り過ぎる、というとき、遂に堪えきれぬ様子で、

「あ、あの……」

金太は自ら、鉄三郎の背に声をかけた。

が、鉄三郎は足を止めようとしない。

「お、お待ちください、旦那ッ」

金太は慌てて呼び止める。

鉄三郎は漸く足を止めた。足を止め、そちらを振り向いたが、金太の牢の前までは戻らず、

「なんだ？」

その場から面倒くさそうに問い返した。

「まだ傷が痛むのか？　しかし、そう何度も医者を呼んでやるわけにはゆかぬぞ。養

生所の先生は忙しいのだ。……あとで、多少医術の心得のある同心を呼んでやろう」

「いえ、傷はもうすっかりよいのです。充分手当していただきましたので……」

「では、なんだ？」

問い返す鉄三郎の表情が険しさを増す。

「あ、あの、あっしのお取り調べは……」

「なに？」

「い、いえ、あの、その……」

鬼の剣崎に鋭くひと睨みされ、金太は容易く縮み上がった。

「おかしな奴だな。用がないなら、呼び止めるな。俺は忙しい」

「いえ、あの、旦那、しっかり養生させていただいたので、このとおり、あっしの体はもとどおりでして……」

「そうか。それはよかったな」

「ですから、そろそろあっしのお取り調べを再開なさる頃なのでは、と……」

「貴様、なにが言いたいッ」

鉄三郎は忽ち怒気を発し、金太の牢の前まで戻ってくる。

「天下の火盗が、貴様如きに手こずり、何一つ吐かせられぬ、と嘲笑《あざわら》うかッ」

（ひぃッ…鬼に殺される――）

瞬間金太はその恫喝《どうかつ》に怯えて言葉を失ったが、怯えている場合ではないとすぐに思い返し、

「いいえ、断じて。……お、お取り調べいただけますれば、今度こそ、洗いざらいお話ししますッ」

懸命に訴えた。だが、金太の予想に反して、

「なんだと？」

鉄三郎の表情は一層険しいものとなる。

「貴様……」

「………」

「その手にはのらぬぞ、金太」

不動明王の憤怒の表情が、ふと冷たい微笑に変わった。

「貴様は根っからの嘘吐《うそつ》きだ。大方、ひどい責めを受けた腹いせに、又候《またぞろ》つまらぬ与太話で、我らを担ぐつもりであろう」

「ち、違います、旦那！　実はあっしは……」

「ああ、もういい。もう、たくさんだ。我らはお前の取り調べは一切おこなわぬ。ど

うせお前は、一両日中には小伝馬町の牢屋敷行きだ」

「待ってください、旦那ッ、嘘はつきません。あ、あっしは……」

「よかったな。牢屋敷の吟味方は、ここの者よりずっと優しい。ひどい拷問をうけることもなかろう。……なにしろ、拷問にはご老中の許可が要るからのう。たかがお前如きのために、わざわざご老中に願い出ることはない」

「…………」

「それ故、拷問はないぞ」

完全に血の気の失せきった顔で見返してくる金太に向かって、まるで引導を渡すかの如き口調で鉄三郎は言った。

「拷問は、ない」

再度告げる鉄三郎の唇の端には、再び冷たい笑みが滲んでいた。

「…………」

拷問はないがしかし、もっとヤバいことになるだろうよ、と言いたげな顔で一瞬間金太を見つめてから、鉄三郎は今度こそ、踵《きびす》を返して去った。

「旦那ッ、待ってくださいよ、旦那ぁッ……」

金太は必死に声を張りあげる。

「お願いです、旦那ッ。牢屋敷は勘弁してくださいよぉッ、旦那ぁーッ、おいらをここに置いてくださいッ」

縋《すが》るような声音で必死に言い募る金太の声を背中に聞きながら、鉄三郎は、

(やはり、あ奴は、特異な聴力の持ち主であったか)

ということを確信した。

確信すると同時に、その可能性を彼に示唆した森山の炯眼《けいがん》に、少なからず感心した。

(このお役目に向いておられぬかとも思うたが、俺の不明であったわ)

感心すると同時に、内心大いに感謝もした。

森山の助言を無視して、己の計画を実施していたら、果たしてどんな惨劇が起こっていたか。想像するだに、恐ろしかった。鬼神の異名をとる鉄三郎でも、森山の力を認めぬわけにはいかなかった。

(それにしても、金太の奴、そら恐ろしいほどの聴力だ。これほどの聴力の持ち主を、何日も役宅内に起居させていたとは……なにを聞かれたかわからぬぞ)

鉄三郎は心中舌を巻き、次いで、暗澹《あんたん》たる思いにとらわれた。できれば、本当に牢屋敷へ送ってやれたら、と思わずにはいられなかった。

四

「あの樵《きこり》小屋か？」

前を向いたままで、筧篤次郎は背後の銀平に問いかけた。銀平の背後には新左が控え、更に、新左から十二、三歩後方は鋭く切り立った崖だ。

筧の眼前には鬱蒼《うつそう》と木々が生い茂り、人が歩行できそうな径《みち》はない。

幾重にも生い茂った枝葉の奥から、辛うじて一条の煙がたち上り、蒼天に呑まれてゆくのが見えた。

よく晴れているため、山中であっても、相応に暑い。じっとしていても、鬢《びん》にはうっすらと汗が滲む。山中に、百万匹いるのではないかと思われる蟬《せみ》の喧《かまびす》しい鳴き声が、暑さに拍車をかけているようでもあった。

「間違いねえんだろうな？……犬目から関野《せきの》まで、三里近くも離れてんだぜ。抵抗するジジイを連れて、そんなに移動できるのかよ？」

なお半信半疑で、筧は問う。

老いたりとはいえ、大の男一人を拉致《らち》したまま遠くまで移動はできまい、という鉄三郎の言葉を、神仏より尊いものの如く、筧は信じている。

「大の男が三人もいれば、なんとか運べましょう。仙蔵が手向かいするようなら、眠らせておけばいい話です」

「け、けどよう……」

「野田尻、鶴川《つるかわ》、上野原《うえのはら》と、宿場宿場を徹底的に聞き込んでまいりました」

「ああ」

「もう五ヶ月も前のことですから、そりゃ、記憶も曖昧ですが、どうやら奴らは、じっくりとときをかけて仙蔵の身柄を移動させ、半年かけてここまで連れてきたようです。大店のご隠居風の老人を、数人の男たちが抱きかかえるようにして関野の宿を通ったのが、いまから十日ほど前であったと、宿場の者が見覚えていました。旅の途中で体を悪くしたのではないかと案じて、『宿で休ませたらどうだね』と声をかけたところ、『いや、酒に酔って眠ってしまっただけなので心配ない』と答えたそうです」

「そ、そうか」

銀平の語気に、さしもの筧も気圧《けお》された。

「間違いないなら、それでいいんだ」

「その先の吉野《よしの》の宿場で、そういう一行を見たという者はおりません。連中は、関野付近の山中に身を潜めたのです。このあたりで数人の男が隠れていられるところは、あの樵小屋以外にありません。……準備がととのったので、山賀は、仙蔵の身柄を移動させたのだと思います」

「準備？」

「《黒須》の勘吉や《真桑》の金太が御役宅に捕らえられたのも、そんな頃じゃありませんでしたか？」

「ああ、そういえば、そうだな」

「山賀は、火盗に対して何らかの策略をしかけるつもりで仙蔵を拉致させ、勘吉と金太を御役宅に送り込んだのでしょう」

「銀平、お前——」

筧は、驚いた顔で銀平を顧みた。

銀平の言うことは、彼が尊敬してやまない「お頭」、剣崎鉄三郎の言《げん》と重なる。もとより、銀平が盗賊一味の頭であったことは知っているが、居酒屋《よし銀》で顔を合わす銀平は、無口だが、間違いなく美味《おい》しい肴を作ってくれる親爺でしかなかった。

（なんで銀平が、お頭みてえなことを言うんだ？）

筧にはそれが理解できなかった。それ故無言で、銀平を凝視した。何故盗っ人あがりのこの男に、敬愛してやまないお頭・鉄三郎と同等の勘働きができるのか。

「剣崎様から、伺っていたのですよ」

筧の疑念を振り払うため、事も無げに銀平は言った。いまは、こんなところでもたついているときではない。

「なんだ、そうか」

筧は忽ち破顔した。

その一言で納得してくれるのだから、銀平には有り難い。

「で、いま小屋の中には何人いる？」

「多くて、五〜六人てとこですかね」

「なんだ、ちょろいな」

無意識に、筧は呟く。何故五、六人と特定できたのか、そのあたりのことはあまり気にならないらしい。

「じゃ、行くか」

と筧が振り向いた先にいるのは、銀平と新左の二人きりだ。もとより筧は、二人についていて来い、とは言っていない。

「行くからな」

言うが早いか、筧は走り出していた。

一旦走り出せば、誰も筧を止められない。腰丈ほども伸びた雑草をものともせずに踏みしだき、ただ一途に、その場所だけを目指す。

眼前を塞ぐ木々の枝葉をものともせずに、真っ直ぐ進んだ。

ほどなく、目的の樵小屋の正面に到る。

「………」

無言で、入口の戸板を蹴破った。

と、同時に、その大柄な体からは想像できぬほど機敏な動きで中にに飛び込む。

小屋は細長く、入口から奥までがおよそ三間ほどの広さであった。真ん中に煮炊きをするための炉が切られており、このクソ暑いのに、火にかけられた鉄鍋はグラグラと煮え立ち、湯気をたち上らせている。

その鍋を、三人の男が囲んでいた。

中の一人――入口に向かって座っていた男だけが、いきなり飛び込んできた謎の大男を凝視する。

「えッ？」

短い驚きの声のほうがやや遅れて発せられたのは、それだけ驚きが大きい故だろう。

そいつの驚きの声が漏れたか漏れないか、というところで、筧は入口に背を向けていた男の襟髪《えりがみ》を引っ摑んで軽々と持ち上げると、

「うりゃッ」

気合いとともに、乱暴に小屋の外へと放り投げた。

「ぐぎぇ」

顔面から勢いよく地面に叩きつけられたそいつは瞬時に悶絶する。男が放り出されたあたりには銀平と新左が待機していて、すかさず男を縛り上げるが、もとより筧はそんなこと、露も知らない。

「なッ」

次いで筧は、向かって左側の男に向かう。その髭面の悪相の男は、不意の侵入者に気づくと、慌てて腰をあげかけた。あげかけたところで、筧の攻撃の間合いに自ら入ることになる。

「どおりゃッ」

髭面《ひげづら》の顔面を、筧は拳で軽く一撃。

「うげぇッ」

軽く見えても、筧の拳は鋼の如く強靭だ。そいつはひと声呻いたきり、仰向けに倒

れてピクとも動かない。

その間に、最初から筧を凝視していた正面の男は、手にした箸と椀《わん》を置き、懐から得物《えもの》を取り出すことができた。

「て、てめえーッ」

そいつの手に匕首《あいくち》が閃くのを見て、筧も脇差しを抜く。抜くと同時に、身を翻《ひるがえ》し、彼の背後から鉈《なた》を振り下ろそうとしていた男の脳天めがけて、一刀に振り下ろした。

筧の差料《さしりよう》は、大刀も脇差しも共に無銘ながら、戦国刀さながらの武骨な拵《こしら》えだ。

それを、無双の剛力で振りまわす。

畢竟《ひつきよう》、斬るというより、骨を砕いて叩き殺す、という感じになる。

「ごぉッ」

頭蓋を割られたその男もまた、長い断末魔の声を発することなく頽れ、事切れた。

飯には参加せず、入口近くで寝転がってでもいたのだろう。危険な闖入者を倒すべく、背後から忍び寄ったまではよかったが、野生の獣《けもの》並の勘を有した筧篤次郎の敵ではなかった。

「や、野郎ッ」

匕首を構えた男の声は、心なしか震えている。

当然だ。いきなりものも言わずに飛び込んできた熊のような男が、瞬時に一人を戸外へ放り投げ、二人の仲間を絶命させた。恐怖に怯えるのが当たり前である。

「き、《狐火》一味のもんか?」

それでも、恐怖を堪えて果敢に問うてきたのだから、立派なものである。さすがは、山賀から重要な任務を任された手下の一人だ。

「おい」

小屋の中を一頻《ひとしき》り見まわして、匕首を手にしたそいつの他には筧に立ち向かおうとする者がいないのを確認すると、

「あとは、お前だけか?」

筧は逆にそいつに問うた。

「え?」

「お前らの仲間は、全部で五、六人いる筈だろ?」

「…………」

「あとの一人か二人は何処行ったんだよ?」

さも焦れったそうに問いかけたすぐあとで、

「てか、仙蔵はどこだ?」

無造作に近寄ってそいつの匕首を切っ尖で払って叩き落としざま、筧は震えるそいつの胸倉をひっ掴んだ。

「ふぎゅ……」

恐怖と苦痛の綯《な》い交ぜた謎の声音を、そいつは発する。

「おい、仙蔵はどこだ？」

「…………」

恐怖にうち震え、見開かれたそいつの目の中をじっと覗き込んでいた筧は、胸倉を摑んだまま、片手だけでそいつの体をつと己の頭上まで持ち上げた。次の瞬間、
ずぅッ……

持ち上げられたそいつの背中を刃が貫き、筧の腕には二人分の体重がのしかかる。

「うわッ」

さしもの筧も閉口し、上から落ちてきた二人目の男ごと、そいつの体を荒々しく振り捨てた。

不意の襲撃に備えて、天井裏の梁《はり》の上に配置されていたのだろう。見るからに身軽そうな、小柄な男だった。

筧の咄嗟《とっさ》の行動で、うっかり仲間の背中を刺してしまったが、乱暴に振り払われて

も未だ無傷だ。

「仙蔵を、仙蔵と呼び捨てにするってこたぁ、さてはてめえ火盗だな」

やおら起きあがり、手にした道中差しを下段に構える。道中差しは、武士の帯びる脇差しと、刃の長さはほぼ同じである。そんな得物を帯びているところをみると、多少は腕におぼえがあるのだろう。

「《狐火》一味よりも、むしろ火盗の奴らに気をつけろ、ってあの御方の言ってたとおりだ」

小男は嘯《うそぶ》き、道中差しを構えつつ、ジリジリと寛に近づいてくる。

六尺ゆたかの巨漢である寛に対して、背筋を伸ばしてもほぼ半分ほどの身の丈しかない。そんな小兵が、自信満々大男に挑もうとしているのは、よくよくの勝算があってのことか。

だが、寛は、別段それを奇異とも感じる様子はなく、

「なんだぁ？」

心底胸に落ちぬらしい顔つきをした。

「てめえ、一体なに言ってやがんだ」

寛が眉間を険しくしたとき、

ひゅお〜ッ、
と空を裂く音とともに、小男の体が一瞬消えた。
（どこだ？）
思うと同時に、筧は脇差しを左手に持ち替え、無意識に大刀を抜きはなった。小屋の天井の高さを確認したので、大刀を使うことが可能と判断したのだ。
そう判断できた時点で、筧の野性の勘は、小男の小細工を見破っている。
「くそがぁッ」
罵声とともに、筧は、大刀と脇差しの両方を同時に振るった。すると、
ぎゃひッ、
うぐお〜ッ、
同時に、二つの断末魔が発せられた。
驚いたことに、小男は二人いたのだ。それぞれ、大刀と脇差しの切っ尖で額を割られ、悲鳴すら発することなく死体となって転がった。
「ん？」
筧は流石《さすが》に驚き、自らが斃《たお》した二つの死体をじっと見下ろす。
よく似た顔つき、よく似た年頃の男たちだった。

「双子か？」

おそらく、そうだろう。それ故幼くして見世物小屋へ売られ、そこで軽業《かるわざ》の芸を仕込まれた。長じて後は、その軽業の芸を武器に、二人で一人の刺客となったのかもしれない。だが、そんな双子の背景など、筧にとってはどうでもよい。

「これで、六人だな？　勘定はあってるよな」

頭の中で計算し、そして喜んだ。

銀平が、五、六人と言うからには、確かに五〜六人なのだ。最後の一人が曖昧になったのも、二人でひと組の双子の刺客だったからということで解決した。

「そうだ、仙蔵は？」

筧はつと我に返った。

それこそが、彼がここまで来た最重要案件である。

「仙蔵ッ、仙蔵ッ」

恫喝《どうかつ》としか思えぬ声音で、筧は仙蔵を呼んだ。

「おーい、仙蔵ーッ？　《狐火》の仙蔵はおらんのかッ？」

「お…おりますぅ」

微《かす》かな声音で、返事があった。

「どこだッ？」

「たぶん、あなた様のお足下……」

「なに？」

筧は自らの足下に視線を落とす。

小屋の床には隙間もなく筵《むしろ》が敷かれ、何時でも何処でも寝られるようになっている。そもそも、山中での作業に疲れた樵が、休息するための小屋なのだ。

「仙蔵」

「はい」

微かな声を頼りに、筧は試しに、そのあたりの筵を捲《めく》ってみた。すると、幾重にも敷かれた筵の下から、

「どうも」

好々爺《こうこうや》としか思えぬ老爺が顔を出す。

長い間、息苦しい筵の下に隠されていたとは到底思えぬ極上の微笑を、筧に向けながら、

「どうも、どうも」

同じ言葉を繰り返した。

「お前が、仙蔵か？」

「はい、仙蔵でございます」

好々爺は、素直に答える。

「本当に、《狐火》の仙蔵なのか？」

「はい、《狐火》の仙蔵でございます」

上機嫌の老爺は、筧に助け起こされながら、筧の問いに鸚鵡《おうむ》返しの答えを返した。

「おいッ」

筧が激しく身を揺すっても、仙蔵だと言い張るその老爺は、己の身になにが起こったかもわからぬのか、ただただ上機嫌でニコニコと笑っている。

「おい、仙蔵？」

「はい、仙蔵でございます」

「…………」

（こいつは……）

童子の如く無垢《むく》な老爺の笑い顔を見つめるうち、筧はさすがに不安になった。老いたりとはいえ、長年盗賊の頭を務めた者が、ここまで邪気のない好々爺の顔をするものだろうか。

（拐《かどわ》かされて、連中に連れまわされてるあいだに、正気をなくしちまったかな）

ともあれ、箕の手に余る事態であることは間違いない。この上は、一刻も早く仙蔵を江戸に連れ帰り、鉄三郎に引き渡すよりほか、自分にできることはなさそうだ、と箕は思った。


「仙蔵の身柄は、俺の部下が無事に保護したぞ、勘吉」

鉄三郎が仮牢の勘吉に告げたとき、勘吉の全身に、見る見る驚きと感動が漲《みなぎ》った。

「…………」

すぐには言葉が返せず、瞳にはうっすらと滲むものがある。

「ほ、本当ですか？」

瞳に滲んで、忽ち溢れ出すものを拭うことも忘れて、

「本当に、お頭はご無事なんですか？」

勘吉は鉄三郎に問い返した。鉄三郎が、

「ああ、無事だ」

と肯くや否や、

「あ、有り難うございます」

勘吉は即座に頭を下げ、その場に両手をついて平伏した。

「いや、礼を言うのはまだ早いぞ、勘吉」

「え？」

「部下からの報せによれば、なにやら仙蔵の様子がおかしいそうだ。それ故、一日も早く江戸に連れて戻ると言っておる」

「剣崎様、それは一体……」

「拐かされてから、既に半年が過ぎておる。助け出すのが、少々遅すぎたのかもしれぬ」

「どういうことです？」

「いまは座して待つことしかできぬ」

苦渋に満ちた表情で言った後、鉄三郎はしばし沈黙した。その沈黙には様々な意味があるのだが、未だつきあいの浅い勘吉に理解できるわけもない。

しばしの沈黙の後、

「だが、約束は約束だ。仙蔵の身柄を無事保護したことは間違いないのだから、山賀がお前になにをさせようとしていたのか、包み隠さず話してもらうぞ」

有無を言わさぬ口調で、鉄三郎は言い放った。

「…………」

さしもの勘吉も、この堂々たる変わり身にはしばし圧倒されてしまい、すぐには言葉を返すことができなかった。

第四章　暗中模索

一

《狐火》の仙蔵一味で小頭《こがしら》を張った《黒須》の勘吉が、山賀三重蔵という浪人風体《ふうてい》の男とはじめて会ったのは、いまから五ヶ月ほど前——倹約令の十年延長が決定されたことに対する不満の声が巷《ちまた》に蔓延《まんえん》する、弥生《やよい》も末頃のことだった。

その頃勘吉は、近々江戸に戻りたい、という仙蔵からの便りに心を砕いていた。

どうやら仙蔵は、《鬼の平蔵》と恐れられた長谷川宣以が、長年勤めた先手組組《くみ》頭《がしら》及び、その加役である火盗改方の御役御免を願い出たらしいと風の噂に聞き、それなら江戸でもうひと仕事できるのではないか、と目論《もくろ》んでいるようだった。

確かに、長谷川宣以は御役御免を願い出たが、仮にそれが受理され、長谷川が本当に役を退いたとしても、彼が育てた火盗の精鋭たちは未だ健在である。長谷川一人が去ったからといって、火盗全体がなまぬるくなるわけではないということを、仙蔵に理解してもらわねばならない。

そのためには、勘吉自らが上方《かみがた》へ赴《おもむ》き、仙蔵を説得するしかない、と思っていた。

だが、一味を解散していながらも、勘吉自身は多忙であった。

どんな仕事でも、長く務めれば務めるほど、それだけ多くの義理も生じる。一味の盗みを成功させるためには、一味以外の同業者との連携も必要だった。

ときには重要な情報を交換し合い、ときには足らぬ人手を補い合う。相身互《あいみたが》うのは、なにも武士に限った美風ではない。

《狐火》一味の小頭《こがしら》時代に交流し、恩を受けた者には、その恩を返さなければならない。

そのため勘吉は、江戸にあって、地方に散った仲間たちと連絡をとるかたわら、古い馴染みから頼まれれば、即ち盗みの助っ人をする、という日々を送っていた。

ちなみに、《狐火》一味最後の仕事である遠州屋への盗みが、寛政二年のことだ。松平定信による極端な倹約政策によって庶民の暮らしが日に日につまらなくなり、その定信が退任して尚一年を経ても、勘吉は依然として江戸に居続けた。

一味と連絡を取る必要がなくなれば、自分も江戸を引き払い、上方の仙蔵の側《そば》へ行こう、と勘吉は考えていた。

だが、実際の後始末は勘吉が思っていたより存外長くかかり、地方で新しい暮らしをはじめた筈の仲間たちはチラホラと江戸に戻りはじめ、最初の数年は上方での隠居生活を楽しんでいた仙蔵も、近頃どこか様子がおかしい。

時折もたらされる文《ふみ》には、屢々《しばしば》ただならぬ内容が記されていて、正直勘吉は困惑した。

仙蔵の文には、「隠退したはいいが、毎日退屈だ。上方の水も口にあわねえ。そのうち江戸に舞い戻って、またひと仕事してやろうと思う」という意味のことが、ほぼ毎回書かれていたのだ。

(冗談じゃねえ。江戸は、鬼平の育てた火盗どもがはばをきかせてる限り、盗賊には優しくねえところなんですぜ)

現に、名の知れた盗賊の一味が、次々と捕縛され、刑に服している。

(江戸は駄目だということをお頭に知らせて、諦めてもらわねえと……)

思っていた矢先、その男が、勘吉の前に現れた。

浅草の矢場で、顔見知りの遊び人たちと巫山戯《ふざけ》ている最中だった。

「はっはっはっ……次に、一番早く的を射た者が、全員の飲み代を払うってのはどうだ」

遊び仲間の一人が、戯《たわむ》れに言った。

「おお、いいねぇ」

そこに居合わせた皆が、一様に賛同した。

その同じ瞬間、勘吉らの隣の席で遊んでいた男がつと弓を番《つが》え、矢を放つ——。

矢は、見事的のど真ん中に命中した。と同時に、

「では、俺が払わねばならぬかな」

その男は、底低い印象的な声音で言い、気さくに笑いかけてきた。

年の頃は、勘吉と同じく五十がらみ。異国の者かと疑いたくなるほど彫りの深い整った顔立ちで、若い頃にはさぞやその色男ぶりで女を泣かせてきたであろうということが、容易《たやす》く想像できる男であった。

先ず、切れの長い印象的な眼に、ぞッとするほどの色気がある。

黒緞子《くろどんす》の着流しに、着古した革の袖無し羽織、という異風は、彼が堅気の人間でないあかしであるかにも見えるが、実際には旗本・御家人の若隠居だと言われれば、確かにそうかもしれない雰囲気を醸し出してもいた。

総髪の髪を、結わずに長く背に垂らしているのも、如何にも世捨て人めいている。もとより勘吉の顔見知りではなく、彼のよく行く盛り場でも殆《ほと》んど見かけたことのない男であった。

（この男……）

勘吉は当然警戒した。

「本当ですかい、旦那」

だが、その場にいた遊び仲間の一人が、即座に目を輝かせてその男に応じた。

「ああ、本当だ。実は最近富籤《とみくじ》に当たってな。こう見えて、羽振りがよいのだ」

男は満面の笑みを絶やさずに言い、その魅力的な笑顔で、勘吉を含めその場にいた全員の心を瞬時に捕らえた。

「ひゃほぅッ！」

「とんだところで、お大尽のご降臨だぁ！」

「有り難く、ごちになりやすッ」

適度に酔いのまわった男たちが口々に僥倖《ぎょうこう》を歓んだ後で、

「ここの払いだけでよいのか？」

一同の顔を見まわし、笑顔のままで男が問うた。

勘吉も含め、その場にいた者は皆彼の問いの意味がわからず、戸惑った。

「何処か、もっと面白いところへ案内《あない》してはもらえぬだろうか？　金は幾らでも出すぞ」

と男が切り出した瞬間、勘吉以外の者たちは皆、腰をぬかさんばかりに驚喜した。

矢場女の中には、交渉次第で体を売る女もいるにはいるが、基本的には、的を外れた矢を拾ったり、注文された酒や肴《さかな》を客に運ぶのが仕事だ。何度も通えば、軽口を交わしたり、馴れ馴れしく体に触れたりしてもゆるされるが、せいぜいそこまでで、あまりしつこくすると、奥から強面《こわもて》の地回りが出て来ないとも限らない。それ故、それ以上の愉しい期待を、矢場女に向けるというのは、土台無理な相談なのだ。

本当は吉原《なか》へでも繰り出したいが、そこまでの財力はないから、仲間と一緒にこうした遊技場で騒いで憂さを晴らしている。そんな連中である。

「旦那、本当にいいんですかい？」

それ故勘吉は、その男に近づき、そっと耳許《みみもと》に囁いた。

「ん？」

男は笑顔のままで勘吉を振り仰いだ。

その、菩薩《ぼさつ》の如き優しい笑顔に、勘吉は容易く気圧《けお》された。

「い、いえ、軍資金は、如何ほどかって聞いてるんですよ。……この人数で吉原に繰り出すとなったら……」

勘吉も含めて、その場には五人の男がいた。

「百両当たったのだ」

だが、案じ顔で述べられる勘吉の言葉を、男は途中で遮《さえぎ》った。

「こういうあぶく銭は、できれば早く使い切ったほうがよいと思ってな。……長く持っていても、ろくなことはないだろう」

菩薩の微笑顔でその男は言い、勘吉を安堵させた。

金の使い方などろくに知らぬまま旗本当主となった男が、なんらかの事情で隠居を余儀なくされ、たまたま気まぐれで買った富籤が当たってしまった。それで金の使い途《みち》に困り、市中で遊び歩くようになったが、普通に居酒屋で酒を飲んだくらいでは、なかなか散財できない。

それ故、見ず知らずの者でもよいから、兎《と》に角《かく》同じ店で出くわした者におごる、ということを思いついた。

吉原までの道々、男は勘吉にそう語った。

吉原では、名だたる惣籬《そうまがき》はさすがに敷居が高かったため、それより一段格下の、半籬《はんまがき》に登楼《あが》った。

一見《いちげん》なのでさほど歓待されることもなかったが、呼出し一人と、一人二朱の新造《しんぞ》が三人、それに幇間《ほうかん》も来てくれて、とても華やかな宴席となった。

切見世《きりみせ》とか長屋とか呼ばれる最下級の女郎屋へ行けば遊女と同衾《どうきん》することもできたが、折角まとまった金があるのだから、安女郎を買うより、日頃はできぬ豪勢なお大尽の遊び方がしたい、と男が強く願ったのだ。

勘吉も、切見世や長屋の女郎を買ったことはあるが、お座敷遊びの経験はない。あまりに愉しい雰囲気に呑まれ、勘吉もついうっかり、酒を過ごしてしまった。過ごさずにいられぬほど、本当に楽しい一夜だった。

宿酔《しゅくすい》の重苦しい頭を抱えながら目を覚ましたとき、勘吉の側《そば》には誰もいなかった。

(なんだ、みんな帰ったのか?……一声かけてくれてもいいだろうに、冷てえな)

勘吉一人が、見覚えのない部屋に身を横たえている。といっても、床《とこ》がのべられているわけではなく、板の間に転がっているだけだ。

(ここは、何処だ?)

当然疑問に思う。

二日酔いのだらしない頭でも、さすがに理解できた。そこは、勘吉にとって全く縁のない場所だということが——。

「《黒須》の勘吉」

名を呼ばれ、画然勘吉は周囲を見まわす。

「気分はどうだ？」

勘吉の遥か向こうから、声が聞こえた。その声は、昨夜吉原で勘吉らを豪遊させてくれた俄《にわか》お大尽のものだが、昨夜とは全く別人のように冷ややかな表情で座している。いや、三間ほども先のほうにいるので、実際には表情などわかるわけもないのだが、声の感じでなんとなくそう思ったのだ。

「昨夜のお大尽？」

「その呼び方はやめよ、勘吉」

さも億劫《おっくう》そうな表情で男は言った。

それもまた、声の感じからそう思っただけだ。男は障子を背にして座っているため、その顔は、外から射し入る明かりの陰になり、全く見えない。

が、やおら男は体の向きを変え、勘吉のほうにその横顔を向けた。

「さすがに、飲み過ぎだろう」

と男は少しく笑ったが、勘吉は笑えなかった。全然面白くないし、寧《むし》ろ不安を覚えた。

「あ、あんたは、一体……」

「山賀三重蔵」

そこではじめて、男は名乗った。

「俺は《雲竜党》の、山賀だ」

「………」

勘吉は戦《おのの》き、絶句した。

《雲竜党》の山賀。山賀三重蔵。

江戸はおろか、各地に蠢《うごめ》く盗っ人たちのはしくれでも、その名を知らぬ者はおそらくないだろう。

なにより、《雲竜党》という存在そのものが、いまや、盗賊たちの間では伝説と化しつつある。

一味の総数は、一説には五百人とも六百人とも言われている。一堂に会すれば、ちょっとした軍勢である。

が、実際には、数十人から成る集団を、小頭格の者たちが率いているらしく、仕事の仕方は、常に一律ではなかった。

一家皆殺しのような残虐極まりない押し込みを働く一方で、《狐火》一味のように、一人も殺さず傷つけず、という綺麗な盗みをすることもある。明らかに、一味を率いる頭が全くの別人であるためだろう。

そんな巨大組織《雲竜党》の中で、頭ではないが、なにかというとその名が聞こえてくるのは、一味の参謀と言われる山賀三重蔵という男であった。

武家の出身で、幕府に深い怨みをいだいている、という。

それ故、江戸で騒乱を起こし、やがて幕府の根幹を揺るがすつもりらしい、という噂が、盗っ人の世界ではまことしやかに囁かれていた。

無論勘吉も、それくらいのことは知っている。

「そ、その山賀さんが、一体あっしに何の御用ですか？　あっしは既に盗っ人の世界から身を退いた者ですが」

だが山賀と名乗るその男は勘吉の問いには答えず、

「火盗改の頭が、先頃御役御免を願い出たと伝え聞き、江戸の盗っ人たちは俄《にわか》に活気づいているようだな」

まるで他人事のように涼しい顔で言う。

「どう思う、勘吉？」

「どうって……」

勘吉は困惑した。

それからゆっくりと、己の名を呼ばれた、ということへの恐怖を感じた。

遊び仲間とはいえ、昨夜連《つる》んでいたのは皆、堅気の与太者である。堅気の仲間と遊ぶ際、勘吉は己の本当の名は名乗らない。ただ、「かの字」とか、「かん太」と呼べ、と言ってある。当然昨夜もそうしていた。

だが、山賀と名乗るその男は、はじめから、彼のことを、

「《黒須》の勘吉」

と呼んだ。そのことに、勘吉は改めて戦慄した。

いくら泥酔したからといって、自らの口で名乗り、二つ名まで明かしたとは、到底思えない。

「そんな顔をするな、勘吉」

すっかり惑乱《わくらん》した勘吉を宥めるように山賀は言い、彼の膝下へ、なにか小さな物を投げて寄越す。

「………」

クルクルと弧を描きながら彼の膝下まで滑ってきたそれを一瞥するなり、勘吉は絶句した。

それは、見覚えのある象牙《ぞうげ》の根付けだった。長く尾を垂らした狐《きつね》を象《かたど》ったもので、小間物屋の店先でそれを見つけたとき、《狐火》の名に縁があるように思えて二つ購入し、一つは仙蔵に贈ったのだ。仙蔵の一味に加わってまだ間もない頃のことだ。仙蔵のような素晴らしい頭の下で働けることが嬉しくてならず、はじめての盗みの後に、その分け前で買い求めた。

「なんでぇ、勘吉、初仕事の分け前で買うのは、たいてい女への贈り物なんだぜ」

少々照れた様子を見せながらも、仙蔵は、勘吉の差し出した根付けを歓んで受け取ってくれた。

あれから三十年来、仙蔵はその根付けを、己の煙草入れに付けて大切に使い続けてくれていた筈だ。

「仙蔵の身柄は、我らが預かっている」

「…………」

勘吉は腰をあげ、山賀と名乗る男のほうへ無意識に近寄った。

「案ずるな。大切に、あずかっておる。万が一にも、傷つけたりするようなことはない」

「な、なんのために……お頭を？」

冷酷そうな山賀の顔と真っ直ぐ目を合わせては、それだけ問い返すのがやっとだった。

「お、お頭になにかしやがったら、ただじゃおかねえぞッ」

「騒ぐな、勘吉。仙蔵を害するつもりなら、はじめから、こんな面倒な真似はせぬ。なんのために、昨夜大金を使ったと思うておる」

「…………」

勘吉は黙って山賀を見返した。

相手は、刃のように鋭く研ぎ澄まされ、氷のように冷ややかな男だ。そんな男が、《狐火》一味のことを徹底的に調べあげた。仙蔵の身柄さえ押さえれば、勘吉には手も足も出せぬということまで、しっかり調べ上げている。

ここは黙って、相手の話を聞くしかない。

「面倒な真似をした理由を……聞かれてくれ」

勘吉は、山賀の面前より半間ほどのところに腰を下ろすと、頭《こうべ》を垂《た》れた。

「それでいい、勘吉」

整った口の端に酷薄そのものの笑みを浮かべつつ山賀は言い、勘吉に反駁《はんばく》の余地すら与えなかった。

「火盗改をどう思う、勘吉？」

二日酔いの勘吉のために水を運ばせ、勘吉がそれを飲み干して人心地つくのを待ってから、山賀は真顔で勘吉に問うた。

「さ、さあ……」

「邪魔だと思わぬか？」

「それは、まあ……」

勘吉は曖昧に同意した。盗賊にとっては確かに邪魔だが、だが邪魔だと思ったからといって、自然に消えてくれるわけでもあるまい。

（この男、一体何を言い出すつもりだ？）

「お前たち《狐火》一味も、日に日に厳しくなる火盗の探索を恐れ、一味を解散したのであろう——寛政二年、遠州屋を最後の仕事として」

（畜生。そこまで調べあげてやがるのか）

心中密かに舌を巻いたが、勘吉は答えなかった。

「忌々《いまいま》しいとは思わぬか？……かなわぬまでも、せめて一矢《いっし》報いたいとは思わぬか？」

「廃業は、お頭が決めたことだ。俺たちは黙って従うだけだ」

「だが、仙蔵は一矢報いたい、と思っていたぞ」

「え？」

「それ故にこそ上方を発ち、中山道は甲州道中を江戸に向かっておったのだ」

「そ、そりゃ、本当ですかい？」

勘吉は仰天し、真っ青になって山賀に問うた。

そういえば、一番最近の仙蔵からの文には、「いますぐにも江戸に行きたい」という文言《もんごん》があった。勘吉は全く取り合わなかったが、そういう勘吉に業を煮やして、とうとう自ら江戸に向かうことにしたのか。

「危ういところだったのだぞ。なにしろ、身なりも人品《じんぴん》も卑しからぬ、大店《おおだな》のご隠居といった風体の仙蔵が、たった一人で旅をする。このことの意味がわかるか、勘吉？」

「そりゃ、追い剝ぎみてえなのに狙われますね。甲州道中なんて、どこも追い剝ぎの巣窟だ」

「追い剝ぎだけではないぞ。峠越えのために馬子《まご》を雇えば、それは気前よく酒手をはずむものだから、日頃は素朴で実直な馬子でも、つい悪心を起こそうというものだ」

「まさか、馬子に……。いや、老いたとはいえ、《狐火》の仙蔵だ、馬子如きに不覚をとるわけが……」

「いやいや、我が手の者がおらねば、馬子に身ぐるみ剝がされるところであったぞ」

口ぶりこそはさも優しげだが、話しているあいだじゅう、山賀の表情は僅かも動いていない。終始、同じ顔つきのままだった。即ち、氷のような無表情——。

「それ故仙蔵は無事である。とある場所に匿《かくま》っているが、お前の返事次第では、二度と大切なお頭に会えなくなる」

「……………」

「ではいま一度訊ねるが、火盗改をどう思う？」

「邪魔者です。俺たち盗っ人にとって、最大の邪魔者です。ぶっ殺してやりてぇ」

勘吉は夢中で口走った。これまでの話の流れからして、そう言うべきだと考えたのだ。

「ならば、手を貸してくれるか、勘吉」

「え？」

「盗っ人にとっての最大の邪魔者に、一矢報いようというのだ、勘吉。どうだ、手を貸してくれるか？」

「…………」

「お前の気持ちはわからぬでもない。《狐火》の仙蔵は、決して非道をおこなわぬ盗っ人であった。それは賞賛に値する」

「あ、あの……」

すっかり圧倒され、ろくに言葉が返せぬ勘吉に対して、一方的に山賀は喋《しゃべ》る。

「だがな、勘吉、いまのこのご時世、きっちり盗っ人の掟《おきて》など守っておる者はおらぬぞ。目的は、達せられねばなんの意味もないのだ」

「…………」

「仙蔵とて、そう思ったからこそ、江戸に来る決心をしたのではないかな」

「ほ、本当にそうなんでしょうか？」

立て板に水を流すが如く喋り続ける山賀に対して、勘吉は辛うじて問い返した。

「本当に、お頭は、火盗に一矢報いようとして……」

「そうでなければ、何故仙蔵は、折角手に入れた楽な暮らしを捨て、江戸を目指したのだ？　上方で隠居していれば、一生お縄になることもないし、旅の途中で危難に見舞われることもなかったのだぞ」

「…………」

「憎い火盗改に、一矢報いたかったからに相違あるまい。それ故、手強い長谷川が役を去ると知り、江戸に向かったのだ」

「それで、あっしは一体なにをすればいいいんです?」

「…………」

山賀はふと口を閉ざし、無言のままその深い海の底のような瞳で、じっと勘吉を見つめていた。勘吉は既に覚悟を決めた。それ故、せいぜい見たいだけ見てればいい、くらいの気持で山賀の視線を受け止めていた。

「よいか、勘吉、ことは、志を同じくする者同士でしか成し遂げられぬ。お前は心の底から、我らの仲間となることができるか?」

山賀の言葉はいつしか熱を帯び、勘吉を惹《ひ》き込んでゆく。

「本気で、火盗など、この世からいなくなればよい、と思えるか?」

あまりに極端過ぎる山賀の問いに、勘吉は答えられなかった。

確かに、いなければよい、とは何度も思ったが、それ故自ら積極的に排除しようと思ったことはない。思ったからといって、それが実現できるわけもないのなら、はじめから無理な願いはいだかぬに限る。

「仮に、本気で願ったとしても、かなう望みとかなわねえ望みがありますよ」

おさえた声音で勘吉は応えた。

そのときには、いつもの彼の冷静さが戻っていて、山賀に対する怒濤の如き怒りは消えていた。

だが山賀には、そんな勘吉の反応すらも、想定の範囲内であったのだろう。

「儂はそうは思わぬぞ、勘吉。当たり前だと思っている世の中の常識など、何となれば、明日にでも変えられる。……本能寺《ほんのうじ》で主君・信長《のぶなが》を殺した明智光秀《あけちみつひで》は、そのまますんなり天下の主になれると思い込んでいたが、最も不可能と思える距離を、遠き備中《びっちゅう》より猛然と駆け戻った秀吉《ひでよし》に討たれた。思いの強さは、ときに、かなわぬ望みをもかなえるものだ」

薄笑いの表情で淡々と——だがときに激しく、そんな言葉を語る山賀を、心底恐ろしい男だと、勘吉は思った。恐ろしい、と思いつつも、心の何処かで激しく惹かれてゆく。そもそも、相手を恐ろしいと思うこと自体、惹かれはじめている証拠なのだ。

二

「それで、お前は一体山賀からなにを命じられたのだ、勘吉？」

話し終えた勘吉に、当然の問いを鉄三郎は発した。

長々と語られた勘吉の話からは、鉄三郎が最も訊きたかった、肝心の部分が欠落していたのだ。

「なにも――」

「ん？」

「なにも、命じられてはおりません」

語り終えた勘吉はしばし放心した様子でぼんやりしていたが、鉄三郎の問いでつと我に返った。

我に返って、事実を述べた。

「どういうことだ？」

「山賀はあっしに、それまで江戸でしていたとおり、他の一味の助っ人をしたり、昔の仲間に連絡をとったりしていろ、と言いました。ただ、こちらから指定する盗みに関しては、全く縁のない一味であっても絶対に加わるように、と。……それで、仕方なく、《廣崎屋》の盗みに加わりました。…そしたら奴ら、なんの下調べもなしにいきなり押し入って奉公人《ほうこう》も家族も、片っ端から殺しはじめやがったんで……こいつぁ、ヤベエ、と思いまして……」

「逃げたのだな？」

「はい」

勘吉は素直に頭を下げる。

「ですが、あんなひでえ押し込みに関わっちまった以上、もう逃げも隠れもできませんや。それで……」

「行きずりのお店に押し入って、わざと捕らえられた、というわけか？」

「…………」

「山賀は、牢屋敷に捕らえられたお前が、何れ《いず》火盗改の手に落ち、そこで厳しい詮議をうけるであろうことも、予《あらかじ》め承知していた筈だ」

「ええ、おそらく……本来なら、《廣崎屋》のときに他の連中と一緒に捕まるべきだったんでしょうが」

「だが、如何に火盗の責めを受けたところで、お前が何一つ語らぬであろうことも、山賀は予想していただろう」

「え？」

「すべては山賀の仕組んだ周到な罠よ。お前という餌を火盗に与え、我らがその攻略法に腐心しているあいだに、難なく貴重な情報を得よう、という──」

言いながら鉄三郎は、己の身の内から大切なものが次々と失われてゆく錯覚に、眩《め》暈《まい》をおぼえた。

山賀の策略の主役である、地獄耳の持ち主・金太は、その能力が知れた瞬間から、防音の効いた土蔵の中に、耳に栓をされた状態で押し込められている。

金太の能力の限界まではかりしれないとはいうものの、なにを聞かれたとしても、その情報が外に漏れなければ問題はない。問題はないのだ、とは思うものの、故のない不安がどうしても拭えない。

そんな鉄三郎を、勘吉は無言で見返していたが、

「ただ──」

少しく逡巡したあとで、勘吉はふと口を開いた。

「なんだ？」

「火盗など、この世から消してしまえばいい、という意味のことを、山賀はあのとき、

繰り返し、あっしに吹き込みました。それであっしも、奴の話を聞いてるうちに、つい、そういうもんだと、いやそのほうがいいんだと思っちまったんです」

「なるほど、繰り返し、言い聞かせたか？」

「はい。何度も何度も……それは、執拗に、繰り返して」

「つまり、それが奴のやり方というわけか」

「はて、やり方と言いますと？」

「誰かを本気で心服させたいと思うなら、先ず相手の弱みを握る。…お前の場合は、仙蔵を質にとられたことだな、勘吉。……弱みを握られた時点で、お前は山賀に気後れした。更には、仙蔵を失うかもしれないという恐怖で、心に大きな隙も生じた。そこに、まことしやかな口調で繰り返し繰り返し、同じ意味のことを吹き込む。……大勢の人間の心を同時に操ろうとする者が用いるやり方だ」

「なんと恐ろしい……」

「ああ、思った以上に恐ろしい男だ、山賀三重蔵というのは——」

実感をこめて鉄三郎は言い、それきり口を閉ざしてしまった。なにを考えているのか、彼と出会ってまだ日の浅い勘吉にはさっぱりわからない。

わからないが、しかし、

(山賀とは違う意味で、このお方も充分恐ろしい……)

と思いながら、鉄三郎の精悍な横顔を見つめていた。

山賀に連れ込まれた隠れ家で、山賀の言葉を耳に吹き込まれ、心を操られようとしているときよりも、更に恐ろしい思いがした。


篔篤次郎が火盗改の役宅に戻ったのは、彼が、関野宿付近山中の樵小屋《きこり》で、《狐火》の仙蔵と思われる老爺を無事保護してから丸二日後のことである。

鉄三郎の許へ報せに向かった新左は、その自慢の《早駆け》の足でその日のうちに江戸に到着し、報せを受けた鉄三郎はすぐさま寺島に命じて迎えに行かせた。殆ど休みなしに歩き続けた寺島とは、小仏宿で落ち合った。

「さすがに早ぇな、ゆきの字」

ぼけているらしい年寄り連れの道中が辛くて仕方なかった篔は、寺島の顔を見ると素直に喜んだが、

「急ぎましょう、篤兄。こんな不吉なところには長居したくない」

ほんの数ヶ月前、ちょうどそのあたりで苦い思いをさせられた寺島は、渋い顔つきで篔を促した。

老爺のことは、筧と寺島と銀平が交替で背負ったが、主に背負ったのは、一番年若い寺島である。彼の場合老爺を背負っていても、背負っていないときと殆ど変わらない速さで歩くことができた。

内藤から先は駕籠《かご》を雇った。寧《むし》ろ、駕籠かきを雇ってからのほうが、一行の進む速度は遅くなったかもしれない。

「ただいま戻りました」

「うむ」

軽く二人に肯《うなず》いてみせてから、筧と寺島に両側から支えられる格好で立つ小柄な老爺を、鉄三郎はじっと見つめた。

「《狐火》の仙蔵か？」

問いかけると、

「へえ、仙蔵でございやす」

ニコニコと無邪気な笑顔を見せながら老爺は応じる。

「…………」

鉄三郎は絶句した。長年盗賊の頭を務める者の中には、たまさか立派な人格者もいる。盗っ人の仁義に篤《あつ》く、手下からも慕われる立派な親分……が、そういう人物でも、盗みという悪に手を染めている以上、必ず、一抹《いちまつ》の暗さや陰のようなものは秘めているものだ。

だが、仙蔵だと答えるその老爺には、そういうものが一切見られない。まるで生まれたままの童子のような笑顔だった。

(やはり、篤の言うとおりか)

ともあれ仙蔵と思われる老爺を役宅の仮牢へ連れて行き、勘吉に引き合わせると、

「お、お頭ッ」

勘吉は忽ち顔色を変え、牢格子を両手で握りしめながら老爺に呼びかけた。その必死な表情に嘘はないだろうと判断した鉄三郎は、仙蔵を牢内に入れてみる。

「お頭ぁーッ」

仙蔵が自分の側に来るやいなや、勘吉は全身全霊で叫び、仙蔵の体を抱き締めた。

「うっううぅ……」

その力が過ぎて苦しかったのだろう。仙蔵は呻いた。

「お頭?」

「く、苦しい……」

「す、すみませんッ、お頭の顔見られた嬉しさで、つい……」

勘吉は慌てて仙蔵の体を解放するが、

「ったく、近頃の若い者は、加減てものを知らねぇ。これだから、若い奴は嫌いだよ」

仙蔵が無意識に嘯《うそぶ》いた言葉に、即ち絶句した。

「…………」

「ったく、気をつけろよ」

仙蔵はなお不機嫌に呟き、

「お頭？　あっしのことがわからねえんですか？」

勘吉は戦《おのの》きつつも、仙蔵に問う。

「あぁ？」

仙蔵の虚ろな目が、勘吉を見据える。

「勘吉ですよ、お頭」

「勘吉？」

「勘吉です。忘れちまったんですか、お頭？　そりゃ、この五年は離れてましたが、もう三十年以上も、一緒に仕事してきたじゃねえですか」

「…………」

「お頭ぁーッ」

「その者、まこと、《狐火》の仙蔵に違いないか、勘吉？」

勘吉と仙蔵のやりとりを一頻《ひとしき》り見届けてから、鉄三郎は恐る恐る勘吉に問うた。

「ええ、間違いありませんッ」

涙声で、勘吉は応じた。

「確かに、お頭です……なのに、なんでお頭はあっしのことが、わからねえんですかね」

「仙蔵は今年で幾つになる？」

「さぁ、八十の祝い……傘寿ってんですか？　来年には上方に集まって、盛大にお祝いしようって思ってたんですよ」

「それほどの高齢で突然身柄を拘束され、何ヶ月も、見知らぬ者たちとともに過ごした。それ故、症状が進んでしまったのであろう」

努《つと》めて冷たい声音で言い放とうとしていたのに、鉄三郎の言葉の後半は、残念ながら湿りを帯びた。

「症状って、なんですか？」

「仙蔵は、耄《ぼ》けたのだ」

勘吉からのだめ押しの問いに、突き放す語調で鉄三郎は答えた。

「耄けた？」

「年齢を考えれば、致し方のないことだ」

わざと冷たい声音で言いはなったのは、恨まれてもかまわない、と覚悟を決めてのことだ。

「あっしのせいだ」

だが、鉄三郎の予想に反し、勘吉は鉄三郎に対して敵意は見せず、ただ自らを激しく責めはじめた。

「あっしが、早く上方へ……お頭に会いに行かなかったからこんなことに……すべてあっしのせいです、お頭。……申し訳ありません、お頭ッ」

勘吉は仙蔵の前に両手をつき、土下座の体勢をとりつつ、只管《ひたすら》詫びの言葉を述べた。

「あっしが……あっしが全部悪いんでさぁ……申し訳ありません、お頭ッ」

「勘吉」

耄けて己を失っている筈の仙蔵が、ふと勘吉の名を呼んだ。

「勘吉じゃねえか」

「お頭？……あっしがわかるんですか？」

「ああ、勘吉だ」

「正気に戻ったんですか？」

「正気もなにも、てめえ一体どこ行ってやがった。……仕事をしたあとしばらくは、うろうろ外を出歩くんじゃねえって、いつも言ってるだろうが」

仙蔵は肯《うなず》き、己の膝下に平伏《ひれふ》した勘吉の頭を、優しく撫でつつ言う。

勘吉は恐る恐る顔をあげたが、

「お前、初仕事の分け前で買うのは、たいてい女への贈り物なんだぜ」

更に仙蔵が口走ったその言葉を聞いた途端、遂に堪《こら》えきれず号泣した。

三

「わかんねえなぁ」

寛が、心底腑《ふ》に落ちぬらしい顔つきで呟く。

同心溜《だま》りで、退屈な庶務の仕事をしている寺島の隣で大欠伸《あくび》をしたあとのことだ。

「なにがです？」

一応寺島は聞き返すが、

「だって、あの金太って野郎が、すげえ遠くの話し声を聞きわける地獄耳の持ち主で、このお役宅で交わされた言葉も全部聞こえちまってたとしてもさ、それをどうやって、外にいる仲間に知らせるんだよ」

「………」

筧の疑問が、これまでに何度も発せられてきたものだと知ると、それきり興味を失い、仕事に戻る。

《狐火》の仙蔵は無事保護され、《黒須》の勘吉が山賀三重蔵から与えられた役割はわかったが、相変わらず山賀がなにを企んでいるかまではわからない。わからぬ以上、為す術《すべ》はなく、探索は膠着状態に陥っていた。

市中の見廻りだけはいつもどおり欠かさないが、それ以外のときは、なるべく役宅に詰めている。明らかに山賀の手下と思われる者が捕らえられている以上、何時《いつ》なにが起こらぬとも限らぬからだ。

だが、役宅に詰めていながら、なにもせず、ぶらぶらしているわけにもいかない。

それでなくとも、筧ら《剣組》の同心たちは他の同心たちから煙たがられているし、その協調性のなさを嫌われてもいる。この際彼らの気持を少しでも懐柔しておこうと、捕物帖の整理という地味な仕事を手伝うことにした。

もとより、真面目に手伝っているのは寺島だけで、筧は側にいて、専《もっぱ》ら彼の邪魔ばかりする。

だいたい、筧がしつこく口にする疑問など、金太の能力が知れたときから、常に考え続けてきた。

聴力の優れた金太が、火盗改の役宅内で聞いたことを外の仲間に伝えるためには――即ち、どうやって仲間とツナギをとるか。

役宅――森山邸には、最早胡乱《もはやうろん》な者が忍び入る隙はない。

役宅内のそこかしこに、常住する同心たちの目が光っているし、当主の森山は、鉄三郎に言われたとおり、下働き一人雇い入れるにせよ、厳しい吟味をおこなっている。身元引受人もおらず、少しでも、出自《しゅつじ》のあやしい者は決して雇い入れない。出入りの商人も、信用のおけるごく少数の者に限られている。

それ故山賀も、いい加減、役宅に間者《かんじゃ》を送り込むことは諦めた筈だ。

「知らせることができねぇなら、金太がなにを聞いたって、無駄なんじゃねぇか？　なあ、ゆきの字、おかしいじゃねぇか」

「わかりませんよ、そんなこと。……手伝う気がないなら、もう帰ったらどうです、篤兄。……ずっと甲州道中でお見限りだったんだから、小桜、待ってますよ」

思案に余った寺島は、五月蠅《うるさ》く喋りかけてくる筧に、投げやりな言葉を返す。

「ば、ばか、ゆきの字、お前、なに言ってやがんだよ。こんなときに、だ、誰が女のとこへなんか……」

寺島の予想したとおり、筧は素直に狼狽《うろた》えたが、

「ちっ、辛気《しんき》くせえ雑用なんか、してられっかよ。……しょうがねえ、俺は道場でも行ってくらぁ」

すぐに思い返して腰を上げかける。

どちらにしても、五月蠅《うるさ》い筧が側《そば》からいなくなってくれるのは有り難いことだと内心寺島は歓んだが、筧は再度寺島の背後にまわり込み、

「けどよう、折角送り込んでも、連絡がとれねえんじゃ、意味がねえじゃねえかよう。おかしいだろ、絶対——」

その耳許でまたも同じ言葉を繰り返す。

「いくら考えてもわからないことを、いつまでもうだうだ考え続けてもしょうがないでしょう」

寺島は遂に業を煮やし、やや強い語調で言い返した。が、

「なんか方法があるのかなぁ？」

筧は一向意に介さず、一方的に問いを発し続ける。

「え？」

寺島はつと手を止めた。

何気なく呟かれた筧の言葉が、不意に寺島の耳朶奥《じだ》へ突き刺さったのだ。

寺島はハッとなり、筧に問い返す。

「いま、なんと？」

「だからさあ、牢屋の中からでも、外の仲間とツナギをとる方法があるんじゃねえのかなぁ」

「ど、どんな？」

「それがわかれば、苦労しねえよ」

「…………」

寺島はそれきり黙り込み、同時に考え込んだ。

筧の言葉は、全く無意識に発せられたもので、それ自体に深い意味はない。もし深い意味を持つとすれば、寺島がその答えに辿り着いたときだけだ。

そして寺島は、ふとそのことに思い至った。

「ある……」

思い至ると無意識に口走り、口走るうちにも確信に変わった。

「一つだけ、ある……」

寺島靭負はやおら立ち上がり、同心溜りを出た。と、そこへ折良く、鉄三郎がやって来る。

「どうした、《姫》?」

両目に活き活きとした気力の漲《みなぎ》る《鬼神》の顔つきで呼びかけられ、寺島の体は無意識に引き締まる。寺島が最も畏《おそ》れ、同時に最も敬愛する鉄三郎の顔だ。

「お頭――」

「そんな面をしているところをみると、どうやらお前も気づいたのだな、《姫》」

「では、お頭も――」

「うん。この役宅は、外からの侵入者に対しては確かに厳しくなった。だが、中から外へ出る際はどうだ? 外へ出るぶんには、さほど厳しく詮索されまい」

「はい。ましてや、最早不要となったものについては――」

「誰も、気にも留めぬ」

「あー、またお頭とゆきの字だけでわかる話を……ずるいですよ」

寺島のあとを追うように同心溜りを出て来た筧が、二人のやりとりを聞きつけ、忽ち不満そうな顔をする。

「篤兄……」

「ったく、なんだよ、いつもいつも、ゆきの字ばっか……どうせ俺は頭が悪ぃよ」

「でも、私がこのことに気づけたのは、篤兄のおかげなんですよ」

「え？」

「篤兄の言葉が切っ掛けになったんですよ」

「そ、そうなのか……」

篤は忽ち、満更でもなさそうな顔つきになる。

「ええ、そうなんです」

寺島が笑顔で肯いたことで、篤は一応納得したようだ。それ以上、異を唱えようとはしなかった。

「とにかく、こんなところで話していても仕方ない。行くぞ」

踵《きびす》を返しざまに鉄三郎は言い捨て、即ち歩き出す。二人に、ついてこい、という意味だろう。篤と寺島はすぐに察してあとに続く。

「何処に行くんです、お頭？」

「いいから、黙ってついてこい」

寛の問いには答えず、鉄三郎は足早に行ってしまう。

「土蔵に閉じ込めたとはいっても、金太の耳が実際どれほど利《き》くのかわからない以上、大事な話はここじゃできませんよ、篤兄」

戸惑う寛の耳に、寺島がそっと囁いた。

それで寛も漸《ようや》く納得し、鉄三郎のあとに続いて歩いた。鉄三郎は、どうやら役宅の外に出るつもりらしい。

「銀平の店に行こう」

役宅の門を出たところで鉄三郎が言った。

「お頭のおごりですね」

寛は嬉々として随《したが》った。

四

百姓の身なりをした棒手振《ぼてふ》りが、屋敷の裏口から出される厨芥《ちゅうかい》（生ゴミ）を受け取り、慣れた手つきで棒の先に括る。

括り終えると、即ち背負って歩き出す。

武家屋敷から出る厨芥は、毎日農家の者が取りに来る。土に埋めて発酵させるとよい堆肥《たいひ》になることから、農家の者たちは競って貰いに来る。武家屋敷から出る厨芥は、町家から出る厨芥よりもずっと栄養価が高いため、よりよい堆肥になるらしい。

森山家と契約しているのは、確か、今戸箕輪《みのわ》あたりの農家の筈だった。

だがその者は、森山家の裏口を離れると、今戸箕輪方面の東へは向かわず、全く逆方向を目指して行く。

或いは、今戸のいつもの農家が、今日はたまたま危急の用が出来《しゅったい》し、来られなくなった、ということもあるだろう。

それ故寛と寺島は、一定の距離を保ってその男を尾行《つ》ける。

男の向かう方角が東ではない、と悟った時点で、

(すわッ!)

と走り出そうとする寛の肘《ひじ》を、寺島は必死で摑んだ。

(まだです、篤兄)

目顔で必死に寛に告げる。

(ここでしくじったら、お頭に顔向けできませんよ!)

寺島の思いが通じたのか、寛はピタリと動きを止めた。己が愚劣な人間であるとい

うことを、ちゃんと自覚している。だから、自分より多少知恵がある寺島の存在を忌々《いまいま》しく思いつつも、ちゃんと認めて、その思案を信じてもいる。

それ故筧は歩みを普通に戻し、寺島よりやや遅れがちについて行く格好になった。尾行者に敏感な者であれば、二人がほぼ同じ速さで追ってくれば警戒するが、全く別々の人間が、距離をあけてついてくることについては無防備になる。

何故なら、距離をあけて別々についてくる者たちは、所詮他人だ。全くの他人が二人、たまたま自分の後ろを歩いていたからといって、警戒する必要はない。

なまじその渡世に馴染んだ者こそ、そうなるであろうと、咄嗟《とっさ》に判断して寺島から離れた筧の野生の勘に、寺島は内心舌を巻いた。

(これが、篤兄なんだよな)

寺島が感心したとおり、その棒手振りは尾行の気配が一人減ったことに安堵したようだ。尾行者が一人なら、万一追いつめられてもなんとかできる自信があってのことなのだろう。

棒手振りの荷を担った男は、やがて、あり得ぬあたりへと歩みを進め、その行き止まりの無人の火除け地で足を止めた。

止めて、荷を下ろすなり、あろうことか、担ってきた二つの桶の中身を、その場にぶち撒けた。

中身は、森山家の厨芥——つまり、生ゴミだ。その殆どが、家人の食べ残しである生ゴミの中を、そいつは猛然と探りはじめたのだ。生ゴミの中に、確実に目的のものがあると知ってのことに相違ない。

そうでなければ、躊躇《ためら》うことなく生ゴミを素手でかき回せるわけがなかった。

「おい——」

必死の形相で生ゴミを漁《あさ》る男の背に向かって、凄味のある低い声音で筧は呼びかけた。

「なにやってんだ、てめえ」

男は、その瞬間ピタリと動きを止める。

「芥《ごみ》の中に、なんかいいお宝でも入ってたかい？」

続いて寺島も、揶揄する口調で問いかける。

「…………」

無言のまましばし動きを止めたそのあとで、そいつは不意に跳躍した。明らかに、怪しい者の身ごなしである。

高く跳び、筧と寺島の頭上を飛び越えて逃げようとするそいつの足を、そのとき咄嗟に、筧は摑んだ。

「うわッ」

そいつの体は、当然地面に強く叩きつけられる。

叩きつけられて悶絶した男の襟髪を引っ摑んで引き立てざま、

「この野郎ッ」

激昂した筧は、そいつの鼻っ柱を思いきり殴りつけた。

「ぐぅはッ」

殴られたそいつが呻いたところへ、もう一撃——。

ごぉはッ、

「…………」

そいつは、捕らえられた筧の腕の中で力なく項垂《うなだ》れた。意識を失っている。薄汚れた手拭いの頰被《ほおかむ》りがとれ、髭面《ひげづら》の素顔が朝陽の下に曝された。満面を不精髭に被われた、そんな顔の百姓はいない。

だが、その口の端から僅かの血と大量の涎《よだれ》が流れ出ているのを見ると、寺島は忽《たちま》ち顔色を変える。

「駄目ですよ、篤兄。強く殴りすぎです。殺しちゃったら、こいつからなんにも聞き出せないじゃないですか」

「これくれぇで、死ぬわきゃねぇだろ」

筧は憮然としたが、寺島は大真面目だった。

「なに言ってんですか。死にますよ。篤兄の馬鹿力なら、熊だって殴り殺せます」

「なんだぁ、てめぇ、口のきき方に気をつけろよ。……殺すぞ、この野郎ッ」

暴力の直後故、殺気だって威嚇してくる筧の腕から、寺島は恐る恐る失神した男の体を取り返し、慣れた仕草で縄をかけた。

「兎に角、早くこいつを役宅に連れてって、色々聞き出しましょう、篤兄」

そして、とってつけたように言った。

殺す、とまで凄まれては、寺島もさすがにいい気はしない。

「おい、お前、いつまでもくたばったふりなんかしてないで、いい加減、自分の足で歩かねえか」

ぐったりした男の体を肩に担う形で引き起こしながら、筧への不満をそいつにぶつけた。担いざま、肘で強くそいつの脇腹を突き、なんとか意識を取り戻させる。

「うぅ……」

意識は戻っても、足下はまるで覚束無《おぼつかな》い。

「ああ、重たいなぁ。……篤兄は手伝ってくれないのかなぁ」

と、口走るまでのあいだ、寛の目は一切見なかった。

「ちッ」

激しく舌打ちしざま、寛は仕方なくそいつの、もう一方の腕を取り、肩に担う。

「しょうがねえなぁ。こいつには、まだまだ聞かなきゃならねえことがあるからなぁ」

寛の言葉つきにはまだまだ荒々しい殺気が漲っていたが、さあらぬていで、寺島は受け流した。彼の、野性の勘は素晴らしいと思うし、それに助けられることも屢々あるが、その獣性が先走ってしまうと、誰にも止められない。止められるのは鉄三郎と、せいぜい先輩同心の丸山くらいのものだ。否、丸山ですら、ときには止めきれないこともある。

（こんな男の敵娼《あいかた》になれる妓《おんな》がいるなんて、吉原《なか》は本当に懐《ふところ》が深い……）

そんなことを思いながら、寺島は寛と共にその男の体を担って歩いた。

「食べ残しの飯の中に、金太が密書を忍ばせ、役宅から出る厨芥の中から、農家の者を装った者が、それを拾い出す。やはりそういう手口であったか」

「はい」

鉄三郎の言葉に、寺島は小さく肯いた。

「問題は、その密書の内容だ。紙も筆もない牢内で、金太はどうやって密書を認《したた》めることができたのだ？」

「密書……と言いますか、山賀への報告は、通常の書面ではなかったようです」

「と言うと？」

「どうやら、符号というか、暗号のようなものだったようでして……」

「だから、それはどんな符号なのだ？」

「…………」

問い詰められて、寺島は容易く言葉を失う。

なにしろ、取り調べはまだはじまったばかりだ。とりあえず、山賀の手の者と思われる男を捕縛したことを鉄三郎に報告しようと参上した。取り調べは、現在筧がおこなっている最中だ。

金太と違って、この男は筧の全力の責めに容易く屈し、聞かれたことにはスラスラと答えた。

自分の役目は、森山家の厨芥の中から目的のものを見つけ出し、山賀のところへ届けることで、それ以上はなにも知らないのだということを主張した。

使い走り程度の仕事しかしていないのだから、そんなに厳しく責めてくれるな、ということだろう。

それ故、はじめから火盗改の拷問を受ける覚悟などなかったようで、多少叩かれただけで易々と口を割った。口を割ることで、なんとか罪を逃れようと言う魂胆が見え見えであった。

「どんな符号だ？」

「…………」

「おい、《姫》、聞いているのか？」

「申し訳ありませぬ。……まだ取り調べの途中にございますれば――」

「なに？　お前が取り調べていたのではないのか？」

「取り調べは篤兄…いえ、篤殿が、是非とも任せて欲しいと強く願われるので……私は、とにかく、男を捕らえましたことを一刻も早くお頭にお報せしなければと思いまして」

拷問部屋に男を連れ込むなり、「こいつは俺に任せてもらうぜ、ゆきの字。な、いいよな？」と殺気だった目で凄まれ、恐れをなして言うなりになった、とはさすがに言えない。

「なに、篤に？」

だが、それを聞くなり、鉄三郎の顔色が忽ち変わる。

「それはいかん――」

「お、お頭」

顔色を変えた鉄三郎が直ちに立ち上がり、与力詰所を出ようとしたため、寺島も忽ちそれに続いた。

「なにを考えてるんだ、《姫》、篤の奴に取り調べを任せるなど――」

背中で言い捨てつつ詰所を出た鉄三郎が向かう先は、言うまでもない。

「も、申し訳ありませぬ、熱心に頼み込まれましたので、つい……」

慌てて言い募りつつ、寺島は鉄三郎のあとに続いた。


「火盗改与力、剣崎鉄三郎だ」

拷問部屋に入って、そいつの前に立つなり、鉄三郎は短く名乗った。

するとその名を聞くなり、

「ひ、ひぃッ、鬼剣崎……」

そいつは忽ち真っ青になり、本気でブルブル震えはじめる。

「如何にも、鬼剣崎だ。鬼である故、貴様らのような虫けら同然の罪人の命など、屁《へ》とも思わぬ」

「…………」

「どうだ、死にたいか？」

「…………」

そいつは無言で首を振る。

あまりに必死過ぎるその形相は、余所目《よそめ》にも憐れなほどだった。鉄三郎を見上げた両目には、うっすら涙も滲んでいる。

「ならば、すべて話せ」

鉄三郎の言葉は短いが、この世のものとは到底思えぬ凄味がある。蓋《けだ》し、地獄の閻《えん》魔《ま》の声の如くも聞こえていることだろう。

「あ、あっしは、何度も申しあげましたとおり、決まった刻限に森山様の裏口へ行き、そこから出る厨芥をもらって、その厨芥の中を確かめるためだけに雇われたんです」

「なにを確かめるために雇われた？」

「厨芥の中に、人の歯が入ってたかどうかです」

「人の歯だと？」

「はい。たぶんなにかの符号なんでしょうけど、それは教えられてませんので……」

事も無げに、そいつは言った。

「あっしには、なんの意味なのかまではわかりません。本当です」

「お前は、いつから山賀に仕えている？」

「いえ、仕えるもなにも、金で雇われただけですよ」

「いつ、雇われた？」

「ほんのひと月くらい前のことです」

「では、ひと月前、山賀に雇われるまで、なにをしていた？」

「なにもしておりません」

「ん？」

「あっしは島抜けの罪人ですから、なにもできませんや。ひと月ほど前、島抜けして、八丈《はちじょう》から江戸に戻りました」

そいつは自ら袖を捲《まく》って二の腕に入れられた二筋の入れ墨を見せた。

確かにそれは、江戸で捕らえられた罪人に施される廻輪三分の入れ墨・二筋。つまり、遠島の罪人であった証明だ。

「篤ぅッ」

それを見るなり、鉄三郎の表情が一変する。

「いや、篤は仕方ないとしても、《姫》ッ！　お前は一体、なにをしていたッ！」

「申し訳ございませぬッ」

鉄三郎の怒声へややかぶせ気味に寺島は答え、答えつつ、その場にサッと両手をついた。

「捕らえた者の体を改めるなど、取り調べの基本でありました。……その基本を怠りましたこと、まことに申し訳ございませぬ」

「…………」

囚人の前であるにも拘《かか》わらず、迷わずその場で土下座する寺島に、篤は相当驚かされたようだ。即ち、言葉を失い、絶句するしかなかった。

五

連日多忙を極めている筈の小石川養生所所長・立花正源が、自ら火盗改の役宅を訪れたのは、農家の厨芥買い取りを装った《雲竜党》の者を捕らえた翌日、暮六ツ過ぎのことだった。

「立花先生、如何なされました？」

当然鉄三郎は驚いた。

「わざわざおいでいただかなくとも、使いを寄越《よこ》してくだされば、こちらから伺いましたのに――」

驚くとともに、甚《はなは》だ当惑する。

「いや、こればっかりは、俺が直接あんたに言うしかねえんだ、鉄っちゃん」

立花の表情が暗くうち沈んでいることに、鉄三郎は漸く気づいた。

その表情を見る限り、常ならぬ事態が出来《しゅったい》したことは間違いない。それを瞬時に感じ取った鉄三郎は、

「先生、こちらへ――」

役宅の玄関から立花を連れ出し、役宅裏門のすぐ側にある土蔵の前まで誘《いざな》った。

異常な聴力の持ち主である金太のことは、屋敷内の物音が最も届きにくい拷問土蔵の一角に閉じ込めてある。食事の食べ残しになにか細工をしているらしいこともわかったので、金太の食べ残しは決して表に出さぬよう指示もした。そもそも金太のいる土蔵から、役宅玄関までは百歩以上、更に役宅の裏門となれば二百歩近く、距離があ

る。それでも念のため、鉄三郎は立花をその土蔵の中へと誘った。

「佐枝さんが、帰ってこねえ」

鉄三郎の意図を察した立花は、土蔵に入るまで一言も発さず、鉄三郎が念のため土蔵の扉を閉めた途端、重苦しい口調で告げた。

「え？」

唐突な立花の言葉に、鉄三郎はただ驚くしかない。

「四ツ前に往診に出たきり、この時刻になっても戻らねえ。往診先は、養生所から目と鼻の先の、橋戸町《はしどちょう》だ。いつもなら、どんなに遅くとも、昼の九ツには戻る筈なんだ」

「…………」

「それで、心配になってな。真面目な佐枝さんが、なんにも言わずに黙って寄り道するとは思えねえし……」

立花正源の顔は弱りきっている。

立花のその表情を見るうち、鉄三郎の心《しん》の臓《ぞう》は忽ち早鐘を打ちはじめた。このところ、常に感じていた得体の知れない不安が、遂にその正体を現したのだ。

（まさか）

己の胸に湧き上がるものを、鉄三郎は必死に打ち消す。打ち消しつつ、

「佐枝殿は、橋戸町の、何処に往診に行かれたのですか？」

懸命に平静を装って問うた。

「新福寺《しんぷくじ》って寺だよ。坊主の一人が長患《わずら》いしててな。ときどき交替で診《み》に行ってるんだ」

「ときどき交替で行かれているということは、施術に、さほどのときを要することのない病人ということですね？」

「そうだよ。いつもなら、一刻あまりで帰って来る」

「小者は？　同行した小者の六助は？　六助もこの時刻まで戻って来ないのですか？」

「それがな、今日六助は同行しなかったんだ」

「え？」

「近場だし、持参するのもいつもの薬だけだから、一人で充分だと言って……」

「では、お一人で……」

「なあ、鉄っちゃん、こいつぁ、どう考えても、おかしいだろ？　佐枝さんの身に、なにかあったとしか考えられねえだろ？」

「落ち着いてください、先生」

思わず声を高める立花の両肩を強く押さえつつ鉄三郎は言ったが、

「これが落ち着いていられるかよ、箆棒《べらぼう》めッ」

立花はその手を激しく振り払った。

身の丈六尺ゆたかの鉄三郎とさほど変わらぬ堂々たる体軀の持ち主故、膂力《りよりよく》は強い。振り払われた鉄三郎のほうが、少しく蹌踉《よろ》めいたほどである。

「先生、お願いですから、落ち着いてお話しください」

鉄三郎は懸命に言い募った。

もし本当に、佐枝が何らかの事故か事件に巻き込まれているのだとするならば、その事実は、極力余人の耳目に入れぬほうがよい。

鉄三郎の必死な思いは、どうやら立花にも通じたようだ。

「すまねえ、鉄っちゃん……」

すぐに我が身を恥じた様子で項垂れた。

「いえ」

苦渋に満ちた表情で、懸命に己を保とうとする鉄三郎を、沈痛な面持ちで立花は見返した。

「すまない、鉄っちゃん」

そして、同じ言葉を再度口にしてから、

「佐枝さんにもしものことがあったら、俺を殺してくれ」

その場に膝をついて頭を垂れる。

「先生ッ」

鉄三郎は慌てて自《みずか》らもしゃがみ込み、立花の手をとった。

「やめてください、先生」

「けど、鉄っちゃん、佐枝さんを一人で往診に出したのは、この俺だ。いつもなら、六助か若い見習をつけるべきところ、今日は一人で行かせちまった。女子《おなご》の佐枝さんを一人で行かせるなんて……」

「佐枝殿は、女子の身であれ、立派な医師。それなりの覚悟はございましょう」

強い語調で、鉄三郎は言った。

以前、佐枝から言われた言葉が、胸に甦《よみがえ》ってくる。

「だがな、鉄っちゃん――」

言いかける立花の言葉を、

「いいえ、違います」

鉄三郎は強く遮った。

「仮に佐枝殿が、何者かによって拐《かどわ》かされたのだとすれば、それはすべて、それがしのせいなのです、先生」

ほぼひと息に言い切るや否や、鉄三郎は、がっくりと項垂れた。

「それがしのせいなのです……」

「おい、しっかりしろ、鉄っちゃん！」

見かねた立花は、厳しく鉄三郎を叱責する。

「もし佐枝さんが本当に拐かされたなら、あんたが助けなきゃ、鉄っちゃん。…なあ、鉄っちゃん、助けられるよな？」

「もとより、必ず助けまする……」

口中《こうちゅう》に低く呟く鉄三郎の目は、既に立花を映してはいなかった。

（佐枝殿）

最後に会ったときの佐枝の顔が、瞼裏にはありありと浮かぶというのに、その佐枝の行方が知れない、という。

（ああ、佐枝殿……）

鉄三郎は容易く惑乱し、その思考は完全に停止した。

第五章　激突！

一

その日養生所を出てからの佐枝の足どりを知ることは、さほど難しくなかった。

往診の依頼があった新福寺の僧侶は、数年前から肺を患《わずら》っており、養生所の医師たちが交替で診に行っていた。

そもそも急変するような患者ではなく、処置もだいたい決まっているため、誰が往診してもよい。四、五日分ずつ処方している薬がなくなる頃、症状の確認も兼ねて様子を見に行くことになっている。

「佐枝先生は、四ツ頃に往診にいらっしゃり、先ず我らに、恵慶《えけい》の日頃の病状を詳しくお聞きになり、それから四半刻あまり、恵慶の部屋を見舞われて診立てをなさり、……薬を飲ませてくださり、いつもどおりの指示をされて、お帰りになられました。せめてお茶くらい差し上げたかったのですが、これまたいつもどおり、『養生所へは、いつ急患が運ばれてくるかわからぬので、ゆっくりしてはいられません』と、仰せられて、すぐお帰りになられました」

寺に聞き込みに行くと、僧侶たちは事細かに、その折のことを話してくれた。

養生所の医師が行方不明になった、という事件であれば、通常は町方の職域である。が、鉄三郎にはそれが、偶然起こった事件だとは到底思えなかった。

現在、火盗改の役宅内には、山賀から送り込まれた間者が二人いる。

そのうち、勘吉のほうは完全にまやかしだったことが判明した。

落ち着き払った風情で、如何にも覚悟の据わった勘吉を罪人として送り込むと同時に、本命の金太をも送り込む。鉄三郎らが、勘吉の取り調べに往生《おうじょう》し、さまざまに迷走しているあいだ、死にそうな拷問を食らいながらも、金太は役宅内で交わされる会話に耳を澄ませ、その内容を、己の歯を使って山賀に報せ続けた。

そんな一連の不手際があった中での、佐枝の失踪だ。

関連づけて考えるほうが、寧《むし》ろ自然である。

「佐枝先生は、新福寺を出た後、真っ直ぐ養生所へ帰ろうとなされたようです」

寺の周辺への聞き込みに行っていた忠輔もまもなく帰還し、同じような報告をしてきた。

「帰ろうとなされた？」

だが、その場にいた寺島靭負は、忠輔の言葉の曖昧な部分を聞き逃さず、厳しく問い詰めた。

「帰ろうとなされた、というのは、どういうことだ？」

「そ、それは……」

「帰ろうとなされたが、帰れなかった、ということではないのか？」

「は…はい」

鋭く問い詰められて、忠輔は少しく閉口した。忠輔には忠輔の報告の仕方があり、ちゃんと順を追って説明しようとしていたところへ横槍を入れられたようなもので、さすがにいい気はしない。

それ故しばし口を噤《つぐ》んだが、寺島の傍《かたわ》らから、いまにも殴りかかりたそうな顔つきの筧が目を怒らせて睨んでいるのに気づくと、すぐ気を取り直して口を開く。

「佐枝先生は、新福寺を出て、養生所までの道を真っ直ぐ戻りはじめたのですが、何故か、戸崎町《とざきちょう》の辻で足を止められ、右の辻へ入って行かれるのを、見た、という者がおりました」

「何故、急に？」

「突然、激しい赤児の泣き声がしたそうです。その者も言っておりましたが、養生所の女先生であれば、とても見過ごせないほどの泣き声だったそうです」

「何処の赤児だ？」

「それが、辻の先には、確かに、佐枝先生も何度か往診したことのある裏店《うらだな》があるのですが、住んでいるのはかなり年のいった者たちばかりで、赤児や幼児は住んでいないというのです」

「嫁にいった娘が、たまたま子を連れて里帰りしていたかもしれぬではないか」

「それは…わかりませんが……」

「長屋の者一人一人に聞き込みをしておらぬのか？」

「留守の家も多かったもので、すべての者に話を聞くことはできませんでした」

「それではお前――」

「では、仕方ないな」

なお執拗に忠輔を問い糾そうとする寺島の言葉を遮《さえぎ》るように鉄三郎は言い、

「明日にでも、《姫》も一緒に行ってやれ」

否やを言わせぬ口調で寺島に命じた。

「長屋の大家は、近くに住んでいるんだろうな？」

「はい」

鉄三郎の問いに、忠輔は素直に肯《うなず》いた。

「では先ず大家を訪ね、店子一人一人について、詳しく訊いておけ。仕事はなにか、生国《しょうごく》は何処か、いつからその裏店に住んでいるのか。……事前に訊いておけば、万一留守にしていても、何時《いつ》頃に戻るかわかるだろう」

「はい」

「明日で…よいのですか？」

小首を傾げつつ、寺島が鉄三郎に確認する。

「ん？」

「一刻も早く、佐枝先生の足どりを追うべきではありませんか？　なんなら、これからすぐにでも聞き込みに行ったほうがよいのではありませぬか？」

「この屋敷は、おそらく山賀の手の者によって四六時中見張られている」

寺島の気持ちを瞬時に察した鉄三郎は、至極落ち着いた声音で述べた。

「それは……」

「夜間、お前たちがバタバタと役宅に出入りすれば、なにか深刻な事態が出来《しゅったい》したと敵に知られる。佐枝殿の失踪が、もし万一、山賀とも《雲竜党》とも無関係であったとしたら、この一件を奴らに知られたくはない」

「ですが、仮に山賀と無関係であるとするならば、一体何者が佐枝先生を？」

「まだ、拐《かどわ》かされたと決まったわけではあるまいッ」

鉄三郎の語気が不意に荒れた。

必死に堪《こら》えていた感情が、寺島の執拗な問いかけによって刺激されたのだ。

「赤児の泣き声を聞いて駆けつけた家で、瀕死の赤児の治療をおこない、長らくときが過ぎたのかもしれぬ。…或いは、治療に大変な労力を費やされ、そのままその家で休んでおられるのかもしれぬ。……なにもかも、起こったことをすべて山賀と結びつけるなッ」

「はッ、申し訳ありませぬ」

鉄三郎の感情の機微を即座に察した寺島は短く詫びた。

「兎《と》に角《かく》、その長屋のほうへは明日早々に聞き込みに行け。……篤は、金太を脅して、なにか聞き出せ。奴のことは、もう殺してもかまわんのだから、容赦する必要はない」

「え？　それがしがやってもいいのですか？」

「ああ、かまわん。存分にやれ」

と鉄三郎が答えるのを聞くに及んで、寺島は仰天《ぎょうてん》した。

あれほど、筧に取り調べは任せられぬ、と言っていた鉄三郎が、だ。剰《あまつさ》え、「存分にやれ」と、拷問を奨励している。

(佐枝先生の身を案じるあまり、ご自分を見失っておられるのか？)

鉄三郎とて、常に完璧な人間ではないということは、もとより寺島も承知している。それどころか、一見完璧と思わせながら、時折——本当に偶《たま》さか垣間見せてくれる人間らしい弱さを、心の底から愛おしく思ってもいる。

そもそも、愛する女の安否が気にならない男はいない。本来傍観者である筈の寺島にまでその思いの強さは容易《たやす》く伝わり、矢も盾もたまらぬ気持ちに陥っていた。

そんな混迷した思いの中で、寺島を正気に引き戻したのは、

「もう殺してもかまわん」

という鉄三郎の言葉だった。

確かに金太は、殺してもいい程の悪党だ。火盗改の役宅に捕らわれてきたときから、そんなことはわかっていた。仮に金太が、佐枝失踪の件の元凶であったとすれば、そ

の罪は万死にも値する。

値するとは思うのだが、しかし……。

「あ、あの…お頭」

「なんだ」

思い決して必死に声を絞り出そうとする寺島に向かって鉄三郎が返した視線も言葉も、凍りつくほど冷ややかなものだった。

「なにか文句でもあるのか？」

「いえ……」

「そもそもお前たちは、一度は金太を殺しかけたではないか。今更、なにか言うことがあるのか？」

「………」

寺島は震える思いですぐに目を伏せた。

「なんでもありませぬ。…明日早々に、長屋へ聞き込みにまいります」

頭を垂れ、極めて遠慮がちに言った。

そんな寺島に対しては、鉄三郎もそれ以上言葉はかけない。

本当に、いっぱいいっぱいだったのだ。

山賀とも《雲竜党》とも無関係であるかもしれぬ、というのも、精一杯の鉄三郎の願い——気休めにすぎない。

だが、いまはそんな気休めにでも縋《すが》っていなければ、どうにかなってしまいそうだった。


新福寺への往診に出たきり、寺を出たところで消息を絶った養生所の女医師・佐枝は、結局翌朝になっても戻ることはなかった。

寺島と忠輔とは、前夜鉄三郎から命じられたとおり、佐枝の失踪と無関係ではなさそうな裏店への聞き込みに向かった。

丸山や他の同心たちにはいつもどおり、市中の見廻りに行かせた。同心たちがいつもどおりに行動することで、役宅を見張っているであろう山賀の手下に異変を悟らせないようにする、というその目的も、残念ながら、全く無駄な行為であったことを、鉄三郎は間もなく思い知らされることになる。

その日も結局、有力な聞き込み情報は得られなかったが、報告に来た寺島は気になることを言った。

「あの長屋には、空き部屋がございます」

「それが？」

「たとえば、空き部屋に潜み、ちょうど佐枝先生が通りかかったときに赤児の泣き声を聞かせて佐枝先生を部屋に近づかせたところで当て落とすなり、薬を嗅がせるなりして気を失わせ、そのまま空き部屋に引き入れて拘束すれば、殆ど人に見られることなく、佐枝先生を拐かせます」

「なるほど、確かに、拐かしの方法はお前の言うとおりかもしれんな。だがそれがわかったところで……」

「いいえ、その後の賊と佐枝先生の足どりを追うためにも、重要なことです」

興味を示さず話を終えようとする鉄三郎を遮るように強く寺島は主張した。柔和な寺島にしては珍しいことだ。持論に余程の自信があるに違いない。

「体の小さな子供を拐かすのとはわけが違います。大人の女を一人、運ぶのですから、当然駕籠《かご》を使うでしょう。或いは、葛籠《つづら》か長持《ながもち》のような大きな箱を使うという手もありますが、何れ《いず》にしても人目につきます」

「うん」

鉄三郎は思わず寺島の言葉にひき込まれ、聞き入った。

「おそらく賊は、夜になるまで空き部屋にひそみ、闇に紛《まぎ》れて佐枝先生を運んだ筈です。あのあたりの木戸番屋を片っ端からあたれば、昨夜遅く、駕籠か、或いは大きな荷を担いだ者たちを通したという木戸番がきっといる筈です。……そして、その番屋を辿っていけば――」

「賊が、佐枝殿を何処に連れ去ったかわかるかもしれん」

「はい」

寺島の言葉で、鉄三郎は多少生気を取り戻したかのように見えた。

寺島にとって意外だったのは、いつもの鉄三郎なら真っ先に気づいていいことに、全く思い及ばなかったらしいことだ。完全に、思考が停止してしまっている。

佐枝の失踪という事実は、鉄三郎にとってそれほど精神的な大打撃であった。

だが、その翌日早朝になって、役宅に、漸《ようや》く鉄三郎宛の書状がもたらされた。

その内容は、即ち、
養生所の女医者を預かっている。無事に帰してほしければ、火盗改方与力・剣崎鉄三郎が、ただ一人にて指定の場所に赴《おもむ》くべし。場所は追って知らせる。

というものだった。

文末に、はっきり山賀三重蔵との署名があったことを多少意外に思ったものの、それもまた、山賀の狡猾《こうかつ》さのあらわれかもしれない。そもそも山賀は策の多い男だ。

「なにが書かれているのです、お頭？」

無言で一読し、そのまま黙って書状を折り畳んでしまう鉄三郎に、懸命な表情で寺島が問うたが、

「佐枝殿を預かっているそうだ」

とだけ、鉄三郎は述べた。

存外冷静な——といっても、昨日までのように、内心の己の動揺と感情をひた隠すための、不自然なまでに冷ややかなものではなく、なにやら迷いが消えてスッキリしたかのような顔つき口調であった。

確かにその書面を一瞥した瞬間、鉄三郎の迷いは晴れた。

(やはり、山賀の狙いは俺か——)

それを理解しただけで、それまで鉄三郎の胸に、まるで幾重にも張られた蜘蛛《くも》の巣の如くまとわりついていた不安が晴れた。と同時に、覚悟ができた。

(要するに、俺が死ねばよいのだ)

という覚悟である。

蒙《もう》が啓《ひら》かれれば忽《たちま》ち明るく視界がひらけ、そこから見えてくるものがある。

(佐枝殿も、或いは無事には戻らぬかもしれぬ。……ならば、もろともに死ねばよ

い）

元々、死に向かうための精神的な修養であれば、十五で元服した年から、ほぼ毎日積んできている。

（俺は山賀の呼び出しに応じる。俺は山賀の罠に嵌《はま》って命を落とすが、同時に山賀の命を確実に奪えばよい）

覚悟を決めた鉄三郎は、懸命に思案をまとめようとしていたが、つと、バタバタと廊下を蹴り、喧《かまびす》しい足音をたてて来る者がある。

（篤だな）

すぐに察した。

（こんなときまで、騒々《そうぞう》しい奴だ）

と思うまでもなく、部屋外に篤が来た。

「お、お頭ッ」

「なんだ、篤」

障子の外から呼びかける篤に、鉄三郎は不機嫌に応じる。

「遂に奴を吐かせましたよ、お頭ッ」

満面の笑みで述べているであろう篤の言葉に鉄三郎は驚き、絶句する。

「………」

「金太の野郎が、吐いたんですよ」

「なに？」

問い返しつつ、

「今更奴が、一体なにを吐いたというのだ？」

鉄三郎は自ら障子を開いて寛を招き入れた。

「ええ、あの野郎、耳がよく利くってだけでなく、実は責められる……拷問されるのが大好きってタチで、俺たちから痛めつけられて、実は喜んでたんですよ」

「なんだと？」

「とんだ変態野郎でしょう、お頭」

満面に喜色を滲ませて寛は言う。

「だが、痛めつけられて喜ぶ金太が、何故吐いたのだ？」

「そこはお頭、それがしの腕ですよ」

嬉々として主張する寛の横っ面を、張り倒したいと思うほど、内心鉄三郎はムカついていたが、さあらぬていで受け流した。

「多少叩いても、埒《らち》があかねえことはわかってましたから、ちょいと脅してやったんですよ。『もう、お前は必要ねえらしいから、殺していい、ってお頭に言われたよ』って。そしたらあの野郎、忽ち顔色変えて震え上がりやがって……」

「それで？」

その脅し方を篁に教えたのが寺島であることはわかりきっていたがそれは口にせず、鉄三郎は先を促す。

「てめえの睾丸《たま》握りつぶして、ついでにへのこも、使いものにならなくしてやるぞ、って脅したら、急に弱腰になりやがって……『そ、それだけは、お許しください』って、泣きながら言いやがるんですよ」

「泣きながら、なんと言ったのだ？」

「金太が言うには、自分が半殺しになった日、養生所の女先生が来てくれましたが、あのときの剣崎の旦那と女先生のやりとりで、只ならぬ関係なのだとわかったそうです」

「それで、養生所の女先生を拉致するよう、己の歯を抜いて、そこに書き記したということか？」

「いえ、歯は、ただ、その日役宅を訪れた者が、お頭にとってどれくらい重要な者であるかを報せる符号だったようです」

「………」

「金太の野郎、佐枝先生に手当してもらったくせに、お頭と話してるのを聞いて、これは使える、って思ったようで――」

「もう、いいッ。やめよ、篤ッ」

たまらず鉄三郎は言い放ち、無神経で鈍感な篤の言葉を遮った。

今更聞かされても虚しいだけの報告である。もしこれが、《姫》こと、寺島靭負であれば、鉄三郎の気持ちを慮《おもんぱか》り、もう少しましな言葉で報告してくれただろう。

「え、あ、あの、お頭？」

強い口調で不意に叱責され、篤は戸惑うばかりである。

「最早金太から聞き出せることなど、なにもない」

「え？　それは一体どういうことで？」

「よいか、篤、いま我らが最も知りたいのは、拐かされた佐枝殿が何処に連れて行かれたか、ということだ。ずっとこの役宅の牢にいた金太が、知る由もあるまい」

「でも、隠れ家の場所は知ってるかもしれねえじゃねえですか」

「万が一、金太が知っていたとしても、山賀のように用心深い男が、そんな場所に大事な人質を連れて行く筈があるまい」

「そ、そうでしょうか……」

「とにかく、拷問が大好きな金太のことは、今後も貴様に任せるから、存分に可愛がってやるがよい」

立ち上がりざま鉄三郎は言い、部屋を出ようとする。

「どこへ行くんです、お頭？」

「勘吉のところだ。聞かねばならぬことがある」

言い捨てざま踏み出そうとした足を、だが鉄三郎はつと止めた。

「そうだ。金太はもう解き放て。解き放って、そのあとを尾行《つ》けるがよい。確かに、運がよければ、奴らの隠れ家まで案内してくれるかもしれん」

「え、本気ですか、お頭？……たったいま、金太の知ってるような隠れ家には、佐枝先生はいねえっておっしゃったばかりでは……」

「佐枝殿はおらずとも、《雲竜党》の隠れ家の一つには違いない。雲竜党一味の者は、一名でも多く捕らえねばならぬ」

「は、はい」

戸惑いつつも、筧は肯く。

「そうだ、篤、金太は足が達者であったな。捕らえたときも、忠輔はあやうく逃げられそうになっていた。……《早駆け》の新左を呼んでおいて、あとを追わせろ。それから――」

筧に指示を与えながら、鉄三郎はふと首を傾げる。

（金太は、わざと捕らわれるために忠輔にあとを追わせた筈だな？……だが、もしあのとき俺があの場に居合わせねば、金太は一体どこまで忠輔を誘い、どこで忠輔に捕らえられるつもりだった？）

考えるうちにも、鉄三郎には沸々と疑念が湧き起こる。

（金太は、自らが捕らわれるのではなく、忠輔を何処かへ誘い込むつもりだったのではないのか？……耳のよい金太のことだ。市中見廻りの途中や酒場での無駄話などを盗み聞きし、忠輔が、まだ火盗に来て間もない新参者だと知ることは容易い。忠輔を連れ去って人質とし、それを餌に俺を誘い出すのが、そもそもの山賀の計画だった。だが、たまたま俺があの場に居合わせ、金太が捕らえられることになったため、万一の時に備えて用意しておいた第二の策……つまり、金太を火盗改の役宅に送り込むことになった）

そこまで思い至った鉄三郎は、山賀という男の周到さに、密かに舌を巻いた。

計画は、今年の三月、甲州道中で《狐火》の仙蔵を捕らえたときからはじまっている。仙蔵を捕らえて、勘吉を言うなりの手下に仕立て上げた。それだけの手間をかけている以上、断じてしくじるわけにはいかない。

(それ故、どちらへ転がっても対処できるだけの策を立てた。……これでは、かなわぬな)

鉄三郎は心中密かに苦笑した。

「あの、お頭?」

自分に対する指示の途中で不意に口を閉ざしてしまった鉄三郎を、筧は恐る恐る盗み見る。

「あ、ああ……」

(今更そんなことに気づいたところで、なんにもならんがな)

筧の言葉に応じつつ、鉄三郎は内心自嘲し、

「金太のことは、いま言ったとおりだ。お前の思うとおりに責め、もういいと思うところで、解き放て」

おそらく山賀に因果を含められているであろう金太が、仮に解き放たれたからといって、そう易々と隠れ家まで誘ってくれるとは限らない。鉄三郎も、さほど期待はしていないが、一応、できる限りの方策は講じておこうというくらいの思案であった。

「では、解き放つ前に、殺しちまってもいいって前提で、あいつをもうひと責めしてもいいですか、お頭？」

詰所から庭へ出るべく廊下を進みはじめた鉄三郎のあとについて行きながら、ちょっと嬉しそうな顔で寛は問いかけた。

「好きにしろ」

鉄三郎は背中から言い捨てた。

「じゃあ、本当に好きにさせてもらいますよ、お頭……」

寛の言葉は、既に渡り廊下を役宅のほうに向かってしまった鉄三郎の耳に届くかどうかという小声で発せられた。そんな小声であっても、或いは耳のよい金太には聞こえているかもしれない。鉄三郎が役宅の外へと立ち去るのを見送ってから、それを確かめるために、寛はいそいそと踵《きびす》を返した。

そのまま真っ直ぐ、責め部屋にいる金太が顔面を蒼白にして震え上がっていることを期待しながら、寛篤次郎は踊るような足どりで廊下を戻った。

二

ぎゃわわわ〜んッ、

野犬の吠え声と聞き間違えても仕方ないような泣き声だった。

だが、そのとき佐枝は、それを、火の点《つ》いたように泣き叫ぶ赤児の声だと思った。病気の赤児の泣き声を、何度も聞いたことがあるからだ。

（すわ！）

聞いた瞬間、佐枝の体は無意識に反応した。

尋常ならざる泣き声だった。

痛みか、それとも病で苦しんでいるのか。或いは、空腹過ぎてそれを訴えているのかもしれない。

自らは子のいない身であるが、医師である以上当然産科のこともある程度は心得ている。もとより、何度か子をとりあげた経験もある。それ故佐枝は、赤児の泣き声で、その嬰児の健康状態をある程度知ることもできた。

佐枝は赤児の泣き声のする方へと向かって歩いた。

辻を右へ折れると、その道の先が何度か訪れたことのある裏店に向かっていること
も、わかっている。途中でふと、
（でも、あの長屋に、赤ちゃんなんていたかしら？）
と思わぬこともなかったが、兎に角赤児の泣き声は聞こえてくるのだ。
その激しい泣き声は、一途に佐枝を呼んでいた。
だが、もうあと数歩で、赤児のいるところまで行き着く、というところで、ふとそ
の足が止まった。
「…………」
意識を、失ったのだ。それが何故なのかは、佐枝にはわからない。
赤児の泣き声がしていると思われる家の前で足を止めたとき、不意に背後から四肢
を絡められていたのだが、憶《おぼ》えてはいなかった。
だが、四肢を絡められると同時に、いやな匂いで、口許を覆われたことは記憶の端
にある。その匂いが、蘭方の手術に使われる薬品の匂いであることは、長崎への遊学
経験のある佐枝には瞬時に知れた。
（麻酔薬……）
そして、それを認識すると同時に、意識が失われたのだった。

それから、果たしてどれくらいのときが経ったものか。暗闇の中に身を横たえている佐枝には、なにもわからない。

意識を取り戻すと同時に、佐枝はゆっくりと身動《みじろ》ぎしてみた。充分な身動ぎはかなわなかった。両腕の自由を拘束されている。

(捕らえられた?)

朧気《おぼろげ》に悟ったところで、積極的に手足を動かそうと試みる。

両手は、体の背後できつく縛られていた。

が、両足は縛られていない。

女の両腕の自由を奪った上で、下肢の自由を許しているというのは、実は女にとって最も危険な状態なのだ。

未だ嫁いだ経験のない佐枝にも、それはうっすらと感じられた。

それ故、意識を取り戻してから、佐枝は一瞬とて気を抜くことができなかった。

(私を拐かす目的は……)

佐枝はほぼ確信していた。

もうそれほど若くもなく、裕福な家の娘にも見えぬ佐枝を拐かす理由があるとすれば、その目的は唯一つ——。

（火盗改の……剣崎様を脅《おびや》かすためだ）

佐枝は確信した。

確信したことで、覚悟ができた。

（剣崎様の足手纏《あしでまと》いになるくらいなら、自ら死のう）

医師として養生所に勤めるようになってこの数年、人の生き死にを、常に目《ま》のあたりにしてきた。はじめのうちは、立花の指示どおりに動くこともできず、随分もどかしい思いをした。任された患者が死ねば、童女の如く容易く泣いた。その度、

「うるせぇッ。いつまでもめそめそ泣いてんじゃねぇ。お前は一体、何者なんだッ？」

立花から厳しく怒鳴りつけられた。

「めそめそ泣いてりゃあ、死人が生き返るとでも思ってやがんのか？　だとしたら、冗談も大概にしやがれッ」

「も、申し訳…ございませぬ」

「謝るくれぇなら、ハナから医者になろうなんて、思うんじゃねぇよ」

情け容赦のない立花の叱責に、佐枝は苦しんだ。そもそも、女の身で医師を志した時点で、それ故のさまざまな弊害と出会《でくわ》している。

女の分際で医学を志すこと自体、間違っている。女はさっさと縁づいて子を産み、夫への献身と子育てのみに生きよ。そう言われているように感じて、佐枝は常に立花に反発した。

立花から、無用の叱責を受けたくない一心で懸命に励んだ。女であるということだけで医師の資格がないかのように言われるのがいやで、相当厳しい怪我人の処置でも、自ら進んで行った。

任された患者が亡くなっても、いつまでもめそめそ泣くということは次第になくなった。立花から頭ごなしに叱責されることも少なくなった代わり、周囲の、佐枝を見る目も変わっていった。

「佐枝先生なら、間違いない」

という信頼を勝ち得たのである。

そのときになって漸く、佐枝は、立花が、自分のためにあえて厳しく接していたということを、悟った。

立花は、佐枝が、女であるというだけの理由で世間から医師として認められぬことが悔しかったのだ。それほど、佐枝の腕を認めてくれていたのである。それが理解できたときから、立花正源は、佐枝にとって父にもひとしい存在となった。

「佐枝先生」

不意に、暗がりの中から名を呼ばれ、佐枝は戦《おのの》いた。聞き覚えのない声なのに、妙に親しさを感じる。

「あなたに、危害を加えるつもりはない。それ故、もう少しゆるりとお過ごしなされませ」

優しい口調ではあったが、かといって、すっかり心を許せる相手でもない。それ故佐枝は無言でいた。

が、ふと思い返し、

「あの、赤児は？　赤児は無事でしたか？」

念のため、訊いてみた。この状況では、佐枝を捕らえるための罠であったと理解しているが、一応医師であるが故の確認だった。

「ご自分の身が危ういというときに、お優しいことだ」

「…………」

男の声は、明らかに嘲弄《ちょうろう》を帯びている。

「ご安心めされい。あの声は本物の赤児の声にはあらず。赤児の泣き声を真似るのが上手《うま》い者にやらせていただけでござる」

（そういうことだったのか……）

佐枝は得心し、同時に安堵した。もし本物の赤児を使ってあんな泣き声を出させていたとしたら、虐待だ。放っておいたら死んでしまう。

「我らは、女子供に非道《ひど》いことはせぬ。それ故、あなたにも決して危害は加えぬ。……だが、あなたが大切に思うお方の命をいただくことになる。それは申し訳なく思います」

「え？」

男の言葉に、佐枝は忽ち混乱した。

あなたが大切に思うお方――。

それが剣崎鉄三郎のことだと、何故相手は知っているのだ。誰にも――立花はおろか、剣崎その人にすら漏らしたことのない恋情なのに……。

そのことに、佐枝は一途に動揺した。

「のちほど食事を持たせます。どうかお召し上がりくだされ。断じて毒など入っておりませぬ故――」

だが相手は佐枝の激しい動揺など一顧だにせず、冷ややかに言い捨てて去った。

（見ず知らずの賊が、何故知っているの？）

佐枝の混乱と戸惑いは、容易におさまりそうにはなかった。

三

「それが、そのとき山賀から出された水や食べ物の中に、眠り薬が仕込んであったらしく、眠っちまったんです。で、次に目が覚めたのは、てめえの長屋の部屋でして……」

先日勘吉は、山賀との経緯をすべて語り終えたあとで、心底面目なさそうな顔つきをして言った。その後の山賀とのツナギは常に山賀側からもたらされる一方的なもので、居酒屋で隣に座った男から不意に耳打ちされたり、長屋に投げ文があったり、といろいろであったらしい。

賊の隠れ家の場所を突き止めたいのは、火盗改方として当然の思いだ。その願いに応えられぬことを、心から申し訳なく思ったのだろう。信用するに足る、実直な男だと、鉄三郎は思った。

同時に、己の隠れ家の場所を知られぬため、それほどの手間を惜しまぬ山賀という男の用心深さにも感心した。

（しかし――）

鉄三郎はふと思った。

それほどの手間をかけても決して知られたくない隠れ家とは、《雲竜党》にとっても山賀にとっても、かなり重要な隠れ家――いや、或いは最重要拠点なのではないか。その証拠に、どうでもよい隠れ家はあっさり捨てている。過日、一味の末端の者が明かした、板橋の質屋がそのよい例だ。

（それに、小仏の山城……あれほど壮大な砦であっても、山賀にとっては仮の宿に過ぎなかった。だから、ほんの一時立ち寄り、すぐに立ち去ったのだ）

と鉄三郎は確信した。

《狐火》の仙蔵を保護して無事江戸まで連れてきた後も、耄《ぼ》けた仙蔵ともども、役宅の牢に勘吉を留めおいたのは正解だった。

仙蔵のことを心底思う勘吉と起居を共にするうち、仙蔵は多少正気に戻ることもあったし、なにより勘吉自身が、そのことを、心から鉄三郎に感謝していた。

（勘吉を、密偵にするか）

はっきりとその意思があったわけではないが、一応火盗改の役宅ともさほど遠からぬ神田明神下の裏長屋に部屋を用意していた。耄けた仙蔵を連れて上方《かみがた》まで旅をするのは大変だろうから、というだけの理由だ。

勘吉が、その部屋で仙蔵と暮らすことを拒絶し、どうしても上方へ連れて行くというなら、別にそれでもいいと思っていた。《雲竜党》の中枢にいたわけでもない勘吉から、これ以上なにか引き出せるとも思えないからだ。

ただ、勘吉が山賀とはじめて会った翌日、宿酔《しゅくすい》状態で引き込まれたという山賀の隠れ家のことが、ずっと気になっていた。

「とにかく、広いお屋敷のような感じでした。山賀以外の人の気配は遠くでしてましたから。あれは、大きな料亭かなんかだったんじゃねえんですかね。……山賀のいる上座に陽が差してて、奴の顔があんまりよく見えないんです。外の明かりが、あんなによく入るように建てられてるのは、客商売の家だからじゃねえのかなぁ、と、なんとなく思いました」

木戸番屋の聞き込みを徹底すれば、賊が佐枝を何処へ運んだか、知れるのではないかという寺島の言葉で、鉄三郎も漸くそのことを思い出したのだ。

そして、木戸番屋への聞き込みによって、佐枝を運んだ賊の足どりが、明らかとなったのだ。

戸崎町の裏店から出発して、その近辺の木戸番屋を軒並み聞き込んだ挙げ句、行き着いたのは、四ツ谷大木戸外、ということになった。

大木戸外の内藤などは、遊女めあてで訪れる近隣の者から、遠隔地より来る旅人まで、とにかく多種多様な者たちの集う場所だ。

そういう場所には、盗っ人市も立つ、という。それ故鉄三郎は、勘吉を連れて、内藤を訪れた。

勘吉の言う、客商売の家、というのが気になり、調べさせていた矢先、内藤に、潰れて廃業したまま何年も放置されている料理屋があるということが知れた。

「ここだ」

荒れ果てて庭先の雑草は伸び放題な上、看板の文字も殆ど読めぬ状態のその建物の前まで、鉄三郎は勘吉を誘った。

「こりゃあ、ひでえ有様ですね、旦那」

さしもの勘吉も甚だ呆れたらしい声をだす。

「まあ、入ってみろ」

促しつつも、鉄三郎は自ら蜘蛛の巣だらけの戸口を潜《くぐ》り、中に入った。

「だ、旦那」

勘吉は慌ててあとに続く。

「…………」

入って数歩行くと、鉄三郎は足を止め、自らの袖に口許《くちもと》を覆った。兎に角、埃《ほこり》がすごく、歩くだけで激しく舞い立つ。

「これは……」

自らも口許を袖で覆いつつ、勘吉は言った。

「こりゃあ、少なくとも一年以上は人が入ってませんぜ、旦那」

「そうだな」

「…………」

「だが、一応部屋を見よ」

少しく埃に噎《む》せつつ、鉄三郎は最初の部屋の障子を開けた。

最初の部屋は、六畳ほどの小部屋であった。

「あの部屋は…少なくとも、八畳以上はありました」

勘吉の言葉に促されるように、鉄三郎は歩を進め、次の部屋の障子を開く。

そこは、前の部屋よりはやや広めで、八畳以上はありそうだった。

「ああ、こんな感じでしたね」

至極あっさり、勘吉は言った。

「それはまことか？」

「ええ。床の間の前のこのあたりに、燦々《さんさん》と陽が射すんですよ。時刻は、四ツくれえかなぁと思ってたんですが、いま思うと、あれはどうやら西日だったような気がします。あっしは、丸一日酔い潰れてたのかもしれません」

「西日か」

鉄三郎の顔は忽ち渋くなる。

「矢張り、ここではないのか……」

そして深い嘆息を漏らした。

「あ、あの、旦那？」

鉄三郎の様子が常と違うことに、未だつきあいの浅い勘吉でさえもが気づいたのだろう。

「なんならあっしが、お手伝いしましょうか？……いえ、その、できることに限りはありますが。…旦那には、お頭を救っていただいた御恩がありますし……」

控え目がちに、だが確固たる口調で鉄三郎に申し出た。

「どうやって？」

「それは……一応あっしは山賀に雇われてる立場ですから、まだ奴と接触する機会はあるんじゃねえかと……」

「我らが仙蔵の身柄を取り戻したことで、既にお前を言いなりにさせる拘束力は失われている。それどころか、最早お前は山賀にとって邪魔者だ」

「じゃあ、囮《おとり》になりますよ。……邪魔者のあっしを、山賀は消そうとするでしょう」

「それはそうかもしれぬが、どうせ実際にお前を殺しに来るのは、下っ端だぞ」

「そうですよねぇ」

勘吉は途方に暮れたように言う。

「お前たち《狐火》一味は、仙蔵の言いつけを固く守り、盗みに入った家の者を一度も傷つけたことはない。……本来なら、我らの密偵になってもらいたいところだが、山賀に狙われているのでは、江戸で自由に動きまわることもできまい。仙蔵を連れて上方に行きたければ、好きにしてもよいぞ」

「え？　あっしは小伝馬町に戻されるのでは？」

「お前を牢屋敷に戻したら、誰が仙蔵の面倒を見るのだ？」

「…………」

鉄三郎を見返す勘吉の目に、見る間に涙が溢れ出す。

「そ、そんなこと言ってもらったら、尚更引っ込みがつかねぇじゃねえですか。…お願いですから、お手伝いさせてくださいい、旦那。こ、これでも、三十年、盗っ人で稼いでたんです。なんのお役にも立てねえってことはございますまい」

「…………」

即戦力の密偵は、確かに喉《のど》から手が出るほど欲しいところだが、密偵の末路をよく知る鉄三郎には、なんとも言えなかった。なんとも言えないということは即ち、勘吉の申し出を半ば受けたも同然であった。

四

「逃がした金太が、どうやら隠れ家に逃げ込みましたぜ、お頭」

満面手柄顔の筧篤次郎が鉄三郎の許へ来たのは、勘吉とともに内藤の廃屋から戻った直後のことだった。

「で、何処なんだ、その隠れ家とやらは？」

さも面倒くさそうに問い返すと、

「千住の女郎屋です」

筧はいよいよ得意顔になる。

「馴染みの女郎のところへ行ったのだろう」

「ところがお頭、そこは、商売なんぞしちゃいねえ、空《あ》き店《だな》なんですよ」

「なんだと？」

「安心してください、いまゆきの字を張らせてます」

と殊更覚が言ったのは、以前全く同じ場面で自らが見張りに残り、寺島を報せに走らせたことで、結局鉄三郎の目論見《もくろみ》を失敗に終わらせてしまったことを意識しているのだろう。馬鹿は馬鹿なりに、多少は考えている、と鉄三郎は密かに感心する。

「なるほど、金太は空き店に入って行ったか」

「ええ、入って行きましたよ」

「では、今頃は死体になっているだろうな」

「えっ？　ど、どうしてです？」

「必要ないからだ」

「金太が、ですか？……そんなわけないでしょう。耳がよくて、拷問にも強いなんて野郎、そうはいませんぜ」

「だが、既に目的を果たしている。それ故、金太はもう必要ない。それどころか、邪魔者だ。再び捕らえられれば、一味にとって都合の悪いことまで喋ってしまうかもしれぬ。山賀は容赦なく金太を殺すだろう」

「え？」

「が、おそらくそうはならぬ」

「どうしてです？」

「《姫》が金太を助けるからだ」

「ど、どうして、ゆきの字が？」

確信を持って述べられた鉄三郎の言葉が、不満だったのだろう。あからさまに不快そうな表情で篤は問い返した。

「《姫》は勘働きに長《た》けておる。見張りの最中、異変が生じれば必ず察することができる」

「………」

情け容赦のない鉄三郎の言葉に、篤はさすがに絶句した。と同時に絶望した。

「だからお前は駄目なのだ」

と頭ごなしに叱ってもらったほうが、どれほど救われたことか。

「篤、お前幾つになる？」

絶望し、その場にへたれ込んだ篤に向かって、依然として厳しい口調で鉄三郎は問う。

「三十五になりますが」

「よい歳だな」

「はい」

「ならば、少しは恥を知れ」

「……………」

「お前の武勇は、確かに火盗一だ。俺はお前を誇りに思う。だが、その思慮の浅さはなんだ。三十五にもなって、恥ずかしいとは思わぬのか」

筧は完全に口を閉ざし、項垂《うなだ》れてしまった。

筧にとっては、神に等しい鉄三郎からの叱責だ。応えぬわけがない。

最早、何一つ己の存在価値はなくなった、と絶望し、すごすごと鉄三郎の前から立ち去ろうとしたとき、

「旦那……」

激しく息を切らせつつ、火盗改の密偵・通称《早駆け》の新左が役宅内に駆け込んで来た。

「どうした、新左？」

「て、寺島の旦那が……」

さすがに激しく息が切れ、容易に次の言葉が口にできないようだ。

「寺島が、どうした？」

それ故鉄三郎はゆっくりと問い返し、根気よく答えを待った。


筧が去ってまもなく、空き店の中から男が出て来て、何処かへ去った。四十がらみで左頬に大きな刀疵《かたなきず》のある、どこからどう見ても堅気とは思えぬ男であった。

更にそれから半刻ほど後、そいつが、目つきの悪い与太者風の男たちを全部で六人ほど連れて戻ってきた。つまり、総勢七名である。その空き店は、宿場の目抜き通りからやや外れた、元々人気《ひとけ》のないところにあったが、彼らは人目を気にしながら、空き店の周囲を固めはじめた。

正面の入口に二人、裏口に二人、残りの三人が中に入って行く。

明らかに、中の者を表へ逃がさぬための配置である。

（これは……）

寺島は忽ち危険を察した。

「急ぎたち戻り、お頭にこのことを告げろ、新左」

察すると、すぐさま傍らの新左に命じた。

「旦那はどうなさるんで？」

「様子を見てくる」

応えるが早いか物陰から出て、入口の二人を瞬時に襲って声もなく当て落とす。

「だ、旦那……」

「いいから、早く行け」

「は、はい」

寺島に強く促されると、新左は即ち踵を返して走り出した。

走り出した新左の背後から、ほどなく男たちの怒声が響いてきたが、聞かなかったことにして走った。いまは兎に角、寺島の言いつけどおりにすることだ。

そして、江戸までの道をひた走った。筧より半刻遅れて千住を出発しながら、ほぼ同じといってよい時間に到着したのだから、流石《さすが》は《早駆け》の新左である。

「そ、その…寺島の旦那は…大丈夫でしょうか」

漸く落ち着きを取り戻した新左は恐る恐る鉄三郎に尋ねたが、

「大丈夫だ」

事も無げに、鉄三郎は答えた。

「でも、相手は七人も……」

「入口の二人は真っ先に片付けたのだろう。残りは五人だ。それに、寺島は常に、懐《ふところ》に飛び道具を所持している。いざとなれば、それを使うだろう。……おっつけ、金太を連れて戻ってくる」

と鉄三郎の言うとおり、寺島靭負は、その日のうちに金太を連れて火盗改の役宅に戻った。

「鉄砲を使ったか？」

「いいえ、鉄砲は使っておりませぬ」

開口一番問うてくる鉄三郎に、寺島は軽く首を振った。

「鉄砲は、弾をこめるのに手間がかかります故、火薬玉を用いました。足下に叩きつけると大きな爆音がするので、大の男でも大概脅えます。……助けようとした金太まで脅えておりましたが」

「そうか」

寺島の言葉を聞くと鉄三郎は軽く頷き、同時に問うた。

「それで、金太はどうしておる？」

「仲間に殺されかけたので、相当落ち込んでおりますかと……」

「なにか、喋ってくれそうか？」

「時間の問題かと思われます。……ここまで来るあいだも、私に対して、随分心を開きかけておりますし……」

意味ありげに答えた後、寺島は口の端に淡い笑みを浮かべてみせた。

——魔性、
そんな言葉で表現するしかないほど、それは、見る者をゾッとさせるような微笑であった。

はじめから、そうなることを予想し得たからこそ、寺島は、筧の浅はかな計画に賛同したのだろう。但し、説明するのが面倒くさいので、筧には多くを話していない。

「ときがない。さっさと聞き出せ」

「はい」

真っ直ぐ鉄三郎を見返して答えると、

「必ず、聞き出します」

きっぱり言い切り、寺島は鉄三郎の前から去った。

鉄三郎宛の書状は、その晩のうちに、役宅御門の中へ投げ込まれていたようだ。

たまたまそこに居合わせた鉄三郎自身が手に取ることとなった。そろそろ届く頃おいではないかと思い、朝晩、散歩に見せかけて屋敷のまわりを漫《そぞ》ろ歩くようにしていたのだ。

自分宛の書状が届いたことを、他の誰にも知られないためにほかならない。どうやらその思いは叶い、誰にも見られず書状を手にできた。

鉄三郎はそのまま書状を懐に入れて牛込《うしごめ》の自宅に戻ると、自室で書面を開いて一読した。ほんの数行の短い文《ふみ》である。瞬時に一読すると、鉄三郎は即座に蠟燭《ろうそく》の火でそれを焼き、庭先に捨てた。白い紙片は忽ち燃え尽きて灰になる。

それから鉄三郎は井戸端で身を清め、身なりを整えた。

長い時間をかけて念入りに佩刀の手入れをし、出立のときを待った。

書状に記されていた刻限と目的地までの距離を考えれば、明六ツ前には家を出たほうがよい。体はさほど疲弊していないが、とにかくこの数日間の出来事で、精神的に相当参っている。身を横たえたら最後、果てしもなく寝入ってしまいそうな気がしたので、居間の脇息に凭《もた》れて暫時居眠りをした。

一刻あまり、微睡《まどろ》んだろうか。

夢に、佐枝が現れたような気がしたところで、ふと目が覚めた。

（佐枝殿が呼んでいる――）

鉄三郎は、そのことに少しく安堵し、身支度を調《ととの》えて家を出た。

家には、下働きの老爺《ろうや》が寝泊まりしているが、昨夜は彼を起こさぬよう、注意深く音を立てぬようにして帰宅した。平素は、出仕する鉄三郎の身支度を手伝ってくれるが、今朝彼を起こす気はない。更に、明六ツになれば、掃除とまかないのために雇っている通いの小者が来てしまう。

それ故、誰とも顔を合わせることのないよう、明六ツ前に鉄三郎は家を出た。

季節柄夜明けは早い。鉄三郎が路上に立ち、歩みはじめたとき、東の空の下のほうが淡く白んで見えた。

（急がねば……）

鉄三郎は一途に先を急いだ。

五

鉄三郎が呼び出されたのは、高井戸宿《たかいどしゅく》郊外、未開拓の荒れ地であった。

街道を北へ逸れて脇道に踏み入ること一里。疎《まば》らな樹木と腰の高さほどにも群生する草原が眼前に広がっている。

すべての葉に浮かぶ朝露に燦々《さんさん》と光が射して、思いがけぬ眩しさに鉄三郎は目を閉じた。

その光景があまりに美しすぎて、少しく気後れしたのだ。

（これが、この世で見る最期の景色か）

と思うと、日頃は全く思いも止めず見過ごしているものにも無意識に目がゆき、その美しさに容易く目を奪われた。

（人間五十年というが、せめてそこまでは生きたかったな）

思った瞬間、目の前の現実が、鉄三郎の本能を瞬時に呼び覚ます——。

即ち、目の前に、抜刀した大勢の男が現れ、鉄三郎の行く手に立ちはだかったのだ。

幹陰や草むらに身を潜め、鉄三郎が来るのを待ち構えていたのだろう。

ざっと数えたところで、四、五十人というところだろうか。

抜刀といっても、彼らのすべてが武士というわけではなく、匕首《あいくち》・短刀・長脇差しなどを手にした町人風体《ふうてい》の破落戸《ごろつき》が、大多数であった。

しかし、中には浪人風体の武士も混じっている。

ざっと、十数人。抜刀した十数人の武士たちは、鉄三郎めがけて同時に殺到した。

どんなに強い相手でも、同時に複数で襲えばなんとかなる。そういう卑劣な思考が骨の髄まで染み入っている輩《やから》だ。武士の誇りも意地もかなぐり捨てた腐った輩に、同情の余地はない。

（貴様らが先陣を切ってくれて、寧《むし》ろ有り難い）

思いつつ、鉄三郎は、真っ先に上段から斬りつけてきた男を、抜く手も見せずに瞬殺した。居合だ。

「あがぁッ……」

男が前のめりに頽《くずお》れたときには、鉄三郎の刀は既に鞘に納まり、納まると同時に、別の男の胴を払っている。

ずしゅッ、
胴を払われた男は断末魔の悲鳴すらあげずその場に頽れる。即死である。

「ぎゃわぁあ〜ッ」

その男が頽れたのとほぼときを同じくして、三人目の男の左脾腹から右胸にかけて、大きく血が噴き上がる。

「…………」

瞬《また》きする間に、三人が斃されたのを目の当《ま》たりにして、さすがに男たちの足は止まった。

だが鉄三郎は意にも介さず、自らは先へと進むだけだ。

「うぐぉッ」

彼が一歩歩を進める度、確実に、一人が命を落とす。

群がる者七人までを、居合で斬り捨てたところで、鉄三郎は刀を鞘に戻すことを諦めた。

居合は、あくまで戦いの第一段階だ。

大刀を手にした十名余の浪人のうち、七人まで居合で瞬殺できたのは上出来というものだった。

だが、刀を鞘へ戻さなくなった鉄三郎の歩みは、更に凄まじい。

ざしゃッ、

「あがぁッ」

ぎゅゆゆんッ
「ぶぇぇぇえッ」

ずしぇッ、

「…………」

上段から下段、下段中段と、変幻自在の構えから、次々と敵を薙ぎ倒す。

大刀を持った浪人たちを、瞬《また》く間《たた》に全員斬殺してのけた。

あとは、刃渡りの短い匕首や短刀、せいぜい長脇差しの敵ばかりだ。大刀の敵よりは幾分楽になる。

彼らは得物の刃が短いぶん、より深く間合いに踏み込まねば鉄三郎の体に触れることもかなわない。

だが、間合いに踏み込むことは、彼らにとって即ち死を意味していた。

「死にたい者は、かかってくるがよいッ」

躊躇《ためら》う敵の群れに向かって、鉄三郎は怒声を発した。夥《おびただ》しい返り血で朱に染まったその顔は、文字どおり鬼の形相である。

その鬼を殺す――。

《雲竜党》の中でも、選り抜きの強者《つわもの》たちなのだろう。鉄三郎の怒声に怖じることなく、
うおぉ～ッ、
寧ろ、呼応するような吠え声をあげると、五、六人ほどの者が呼吸を合わせて同時

に鉄三郎の前後左右から襲う――。

が、鉄三郎の目は、適確にその動きを捉えている。どの者が、最も早く己の間合いに到達するか、を。

如何に呼吸を合わせようと試みても、所詮正式な訓練を受けたことのない烏合《うごう》の衆だ。完全に揃うことはない。

その微妙な時間差を鉄三郎は確実に見抜き、それに合わせて身を処した。

即ち、間合いに入った者を、その順番に手際よく刺殺していったのだ。

得物の長さに差があれば、敵の切っ尖が鉄三郎に届く前に、こちらの長い切っ尖で突けばよい。それ故、

「ん、ぐぅ」

「ごぁ……」

瞬く間に喉を突かれて悶絶する者が続出した。

「ち、畜生ッ」

「この野郎、やっぱり鬼じゃねえかよ」

「女を人質にとられてるってのに、なんでこんなに平然としてやがるんだよ」

「鬼だ、この世の鬼だ!」

口々に喚《わめ》く声が全く聞こえていなかったわけではない。

聞こえてくる声も言葉も、木々のざわめきや鳥の囀《さえず》りの如くに聞き流し、僅かも心を乱さぬだけの覚悟が彼の中には厳然と存在する。ただ、

（ここで、死ぬ――）

という覚悟が。

自らが死ぬことで、人質の佐枝の身になにが起ころうと、金輪際《こんりんざい》心を乱すまい、と決意した。佐枝の身に起こった危難は、そもそも鉄三郎が元凶だ。鉄三郎や火盗などと関わらなければ起こる筈のない事態だった。心底申し訳ない、と思う。

だが、ここで鉄三郎が悪の前に膝を屈し、奴らの言いなりになっては、益々佐枝に申し訳が立たない。土台、言いなりになったところで、佐枝が無事に戻る保証はないのだ。

ならば、一人でも多くの悪を断ち、山賀の思惑を潰した上で死のう。折角《せっかく》金でかき集めた仲間が瞬く間に死骸になれば、山賀の野望を、多少なりとも阻止できる。

最早《もはや》その一心だけが、鉄三郎を衝き動かしている。ただ一つの無念、佐枝を助けられなかったことへ詫びは、あの世で言えばいい、とふっ切った。あの世でなら、今生《こんじょう》では口にできなかった思いのたけも、或いは易々と言葉にできるかもしれない。鉄

三郎には寧ろそれが楽しみだった。

それ故なんの迷いもなく、一途に前へと進むことができた。

半刻ばかりのうちに、五十人の敵が、ほぼ半数以下に減っている。

「おい、おかしくねえか?」

「話が違うぞ」

「確か、後ろのほうから、飛び道具で狙う筈じゃなかったのかよ」

「全然矢なんて飛んでこねえぜ」

じわじわと数を減らされ、焦る男たちの口から漏らされる言葉は、依然として鉄三郎の耳朶《じだ》を風の如く過《よぎ》ってゆくだけだ。

(弓矢も用意しているのか?)

思うともなく思いながら、鉄三郎は突き進む。

「うぉおうりゃあ〜ッ」

腹の底から湧き起こるような気合いの声が、果たして己の発するものなのか、他の誰かが発した声なのかも定かならぬほど、あたりは騒がしい喚声に包まれていた。

もし僅かでも進むことを躊躇《ためら》えば、金輪際《こんりんざい》足を踏み出せなくなる。

そう思って、鉄三郎は進んだ。

ずぎゃんッ、
彼が進む度、悲鳴とも斬音ともつかぬ音声があがるが、その音声のあがる頻度も、最初の頃に比べると幾分間があく。それだけ、敵の数が減っているのだ。

ガァーンッ、
どこかで銃声が鳴り響くのを聞いたようにも感じたが、おそらく気のせいだろう。銃で狙われていたとしたら、既に鉄三郎の命はない。だが、

(そろそろ…終《しま》いにせねばな)

鉄三郎は内心自嘲した。

幻聴まで聞こえるようになるとは最早末期症状だ。鉄三郎の肉体も、そろそろ限界を迎えようとしているのかもしれない。

「…………」

鉄三郎の前に立ちはだかる男たちの目には明らかな恐怖が滲み、無意識に後退《あとじさ》っている。

だが、鉄三郎は僅かも歩みを止めようとしない。刀が、多少手に重く感じられるようにはなったが、相変わらず、鋭い太刀筋で敵の体を斬り続ける。

「チィッ！」

時折背後から不意打ちに襲ってくる敵の気配も充分察し、振り向きざま一刀に斬り下げる。

ばぁーんッ
だがそのとき、矢張《やは》り鉄三郎は己のすぐそばで銃声が鳴るのを聞いた。

そして次の瞬間、

「お頭ーッ」

「残りの者は我らにお任せくださいッ」

満面を怒りに染めた筧篤次郎と、鉄三郎の死角に身を潜めて鉄三郎を狙い撃とうとしていた男を射殺した寺島靭負の二人が、猛然とその場に躍り込んできた。

そして見る間に、残った者たちを斬り捨ててゆく。

突然の筧らの出現に、彼らは驚き慌て、中には逃げ出そうとする者もいた。

「一人も逃すな」

自らも戦闘を継続しつつ、鉄三郎は二人に命じた。

「もとよりッ」

寺島の手にした短筒は連発銃ではない。一発撃って次の弾を装填するのにやや手間取る。それ故寺島はすぐに銃を懐にしまい、抜刀した。寺島が抜刀するまでのあいだに、筧は既に二人の敵を斬殺していた。

　野獣の強さを、その激昂が増幅させている。

「てめえら、よくも大勢でお頭をッ。…ぜってぇ逃がさねえよ」

「わぁあああ〜ッ」

　筧の剣幕に恐れをなし、踵を返してくる者の体を、寺島の正確な切っ尖《さき》が両断する。

「ま、まて、篤、《姫》、全員殺してはならぬ。……一人は生かしておけ」

　鉄三郎が慌てて言い募らねばならぬほど、満を持して戦闘に参加した筧と寺島の動きは素速く、見る間に残りの十数人を斃していった。

　そして遂に最後の一人となり、彼が自ら得物を捨てて恭順の意を示したところで、寺島は手際よくそいつに捕り縄をかけた。かけ終えたところへ、

「お、お前たち、何故ここに？」

　鉄三郎は漸く声をかけた。

「申し訳ありませぬ」

　筧が余計なことを口にするより先に、寺島は詫びを述べ、その場で頭を下げる。

「俺を、見張っていたのか？」

「佐枝先生が拐かされたときから、山賀の狙いがお頭であることはわかりきっており

ましたので――」

「やれやれ、油断も隙もないな」

寺島の表情が少しく緊張しているように見えたので、鉄三郎はすぐに砕けた口調になった。己の小賢しさを鉄三郎から不快がられはせぬか、寺島が本気で案じていると察したためだ。

だが、

「ご安心ください、お頭、佐枝先生はご無事です」

「なに？」

筧が無邪気に口走った言葉に、鉄三郎は容易く驚かされる。

「どういうことだ？」

「金太が、すべて吐いたのです。……夜間、戸崎町の木戸から運び出された長持がどこへ運ばれたか、善さんと忠輔がその足どりを根気よく追ってましたが、金太の言う隠れ家の場所と善さんたちの調べた場所が、ともに、小石川御箪笥町《おたんすまち》の長屋の空き部屋でした」

先を引き取ってスラスラと答えたのは言うまでもなく寺島だ。

「御箪笥町だと？　ちょっと待て、長持は四ツ谷大木戸の外まで運ばれ、そこから先の消息は途絶えていたのではないのか？」

「長持は囮《おとり》でした。途中の長屋で佐枝先生を下ろし、長持だけを大木戸の外まで運び出したのです」

「なんと……」

鉄三郎は茫然と口走る。

茫然となるのも無理はなかった。

「善さんと忠輔たちには、昨夜のうちに御箪笥町に行ってもらい、我らはお頭のあとをつけました。佐枝先生の無事を確かめたら、すぐにその旨報せるように、と。そのため、新左には、無理をさせてしまいました。先ず我らとともにお頭の行き先を確かめさせ、それから御箪笥町へ戻らせ、しかる後、再びここまで報せに走らせましたので……」

と申し訳なさそうに寺島が述べつつ向けた視線の先に、すっかりバテて草むらに寝転がる男の姿があった。言うまでもなく、新左である。

「お前たち……」

言いかけて、だが鉄三郎はすぐに言葉を止めた。いまなにか言えばみっともない嗚《お》咽《えつ》になってしまう。この素晴らしい部下たちの前では、絶対にそんな醜態を曝すわけにはいかない。

それ故、しばし天を仰ぎ、泣くのを堪えた。

完全に堪えきったところで、改めて寺島を見る。

「よくやってくれた《姫》」

それから筧のことも。

「それに、篤も——。いつぞやは、思慮が浅いなどと叱ってすまなかったな」

「お頭ぁ……」

鉄三郎の優しい言葉で、筧は忽ち喉を詰まらせる。

「よく金太の口を割らせたな」

「すべてお頭が示唆してくださいました故」

答えたのは勿論寺島だ。

「俺が?」

「お頭は、金太を解き放ち、仲間の許へ帰せと——」

「だが、奴が確実に殺されるとまでは言わなかったぞ」

「奴は《雲竜党》にとっても諸刃《もろは》の剣です。あれだけ耳がよいのですから、聞こうと思えば、山賀が部下に命じたことも、隠れ家も、すべてを聞くことができるのです。

そんな危険な男、山賀が生かしておく筈がありません」

「まあ、なんか、小難しいことはどうでもいいじゃねえですか。とにかく、佐枝先生は無事に戻ったし、こうしてお頭も無事なんだから」

遂に堪えきれず筧が言い、鉄三郎と寺島のやりとりを遮った。

「篤兄……」

「てめえの話は長すぎるんだよ、ゆきの字。お頭だって、一刻も早く戻って、佐枝先生の顔見たいに決まってるだろうが」

「はい、そのとおりです、篤兄」

寺島は筧の機嫌を損ねることを恐れて即座に同意した。

「山賀のことも、道々こいつに聞かなきゃなりませんしね、さ、とっとと歩け」

「おい、こいつに聞くのは俺の役目だぞ、ゆきの字」

「はいはい、お願いします、篤兄」

寺島は逆らわず、そいつを搦《から》めた捕り縄の縄じりをあっさり筧の手に託す。

「それでいいんだよ。今日は随分素直じゃねえか」

筧は満足げに歩き出し、寺島は小さく肩を竦めた。

「…………」

そんな部下たちに続いて歩き出す鉄三郎の目に、木陰で弓矢を番《つが》えたまま絶命している者たちの死骸が映った。

(弓矢の伏兵を片付けたのもこやつらか)

とすぐに悟ったが、鉄三郎はあえてそのことにふれようとはしなかった。

六

「剣崎鉄三郎殿」

背後から、つと名を呼ばれた。

鉄三郎は殊更慌てることなく、その場で彼が近づいてくるのを待った。

殺気は全く感じられなかったし、言葉つきも至極平静なものだった。

吉原で楽しい一夜を過ごしたその翌日の勘吉が連れ込まれたと思《おぼ》しい場所を、金太の協力もあって、漸く突き止めることができた。

そこは、吉原からもさほど遠からぬ花川戸《はなかわど》の一角にあった。

料亭のようなところであったと勘吉から聞いていたとおり、門構えも立派な元老舗《しにせ》料亭の空き家であった。

佐枝が連れ込まれた先もそうだが、基本的に、捕らえた人質をあまり遠くまで運ばないのが山賀の遣り方であるらしい。遠くまで運べば、人目にもつくし、それだけ足どりも辿られ易いためだろう。

「山賀三重蔵殿か？」

問い返しつつ、ゆっくりと振り向いた先に、総髪の髪を長く背に垂らした男がいた。黒紋付きの羽織に仙台平《せんだいひら》の袴。身分卑しからぬ武士の風体だ。

「如何にも」

山賀は鷹揚に頷いた。

「山賀です」

顔立ちの美麗さと相俟《あいま》って、その笑顔は、この世の誰をも間違いなく魅了するかと思われた。

「なにをしにここへ参られた、剣崎殿？」

鉄三郎に向かって、山賀は問う。

「はて、なにとは？」

「見ればお一人のご様子。……それがしを確実に捕らえるなら、部下を伴うべきだとは思われぬか？《雲竜党》の山賀も軽く見られたものでござる」

眉一つ動かさずに山賀は言い、口許を僅かに歪める。自嘲とも、悔恨とも受けとれる表情だ。

「それがしは、貴殿にお礼を言いにまいった」

「え？」

山賀は小さく声を漏らした。

鉄三郎の言葉が、彼の予想とあまりに違いすぎたためだろう。

「佐枝殿の身柄を、御箪笥町の裏店に隠したのは、万一見張りの者が悪心を起こしても、なにもできぬように、との配慮でござろう。嚔《くしゃみ》どころか、鼻を啜る音すら隣に筒抜けの裏店であれば、到底女を手籠めにすることはできぬ。空き家の筈の部屋の中から物音や人声が漏れれば、近所の者が、忽ち番屋に駆け込みましょう」

「…………」

「佐枝殿の身を守ってくだされたことに、心よりお礼申しあげる」

迷わず頭を下げた鉄三郎の言葉に、相手は少なからず衝撃を受けたことだろう。

「よくよく似たもの同士のお二人ですなぁ。……佐枝先生がお人好しなのは人の命を救うが生業《なりわい》の医師であるためかと思うておったが、まさか、《鬼神》の異名をとる火盗の剣崎が、ここまでお人好しとは……」

暫く黙り込んだ後、だが山賀は嘲弄の言葉を吐いた。

「いや、矢張り鬼だな。大切な女の命を犠牲にしてでも、己の目的を遂げようというのだから。……どんなに鬼の心を持ち合わせた男でも、女を質にとられれば意のままにできると思ったが、甘かったわ。…この山賀の誤算であった」

山賀の嘲弄はやがて己自身にも向けられた。そんな山賀を、鉄三郎はしばし無表情に見返していたが、

「礼は申した」

やがて口を開くと、最前までとは別人のような声音で述べた。

「…………」

「では、今度はそれがしが貴殿に訊こう、山賀殿、何故ここへまいられた？」

「何故とは？」

「金太の身柄が我らの許にある以上、この隠れ家の所在が我らに知れたことは充分予想できた筈。そこへのこのこ姿を現すとは、用心深い山賀殿とも思えぬが――」

「ふふ……」

そのとき山賀は、唇の端を弛《ゆる》めて少しく笑った。

「かなわぬながらも、一矢報いようではないか、剣崎鉄三郎」

低く呟くとともに、山賀は抜刀し、青眼に構えた。鉄三郎の見る限り、刀に慣れぬ者の稚拙《ちせつ》な構えであった。もとより、まともに相手をするつもりはない。

「やあああぁ〜ッ」

大上段に振りかざし、気合いのかけ声とともに殺到する山賀を、鉄三郎は容易く突き転ばせ、振り下ろされる切っ尖は、軽く肘で払うつもりだった。それ故、刀の柄に触れようとすらしていなかった。

が、間合いに踏み込んだ途端、山賀の様子は一変した。隙だらけに見えた構えから一瞬のうちに隙が消え、達人の身ごなしとなったのだ。

颯《さ》ッ、

と鋭く放たれた切っ尖を、咄嗟に身を捩《よじ》って鉄三郎は避け、避けつつ反射的に鯉口《こいぐち》を切った。

が、鉄三郎の刀がまだ鞘の内にあるところへ、山賀の第二刃がくる——。

「ぐうッ」

次の瞬間、山賀の口から苦痛の呻きが漏れた。

身を捩りつつ抜き放たれた鉄三郎の大刀が、彼の脾腹を斬り裂いている。山賀は刀を取り落とし、傷口を庇うように前のめりに頽れた。そのまま倒れ込むと、古びた畳が、見る見る血に汚れてゆく。

（しまった、深すぎた！）

山賀の殺気に誘われる形で、体が勝手に反応していた。

「山賀ッ」

鉄三郎は慌てて山賀を助け起こすが、予想どおり、彼は既に息をしていない。

（山賀が死んだ）

鉄三郎は茫然とその死骸に視線を落とした。

当然生かして捕らえるつもりだった。

生かして捕らえねば、山賀のもくろみのすべてを知ることができない。わかっていた筈なのに、山賀を殺してしまった。殺してしまっては、もともこもない。

確実に捕らえるなら、やはり部下を伴うべきだった。だが、山賀がここに現れる保証はなかったし、なんとなく一人で行ってみたい、と思ってしまったのだ。

（こんなに、あっけなく……）

鉄三郎は信じられぬ思いで、しばし茫然と山賀の死骸を見つめていた。或いは、

（俺は夢を見ているのか？）

とも思ったが、だとしたら、いつまでも夢から覚める気配のないのが不思議であっ

た。

時代小説
二見時代小説文庫

宿敵《しゅくてき》の刃《やいば》 火盗改《かとうあらため》「剣組《つるぎぐみ》」2

著者 藤《ふじ》 水名子《みなこ》

発行所 株式会社 二見書房
東京都千代田区神田三崎町二―一八―一一
電話 〇三―三五一五―二三一一［営業］
〇三―三五一五―二三一三［編集］
振替 〇〇一七〇―四―二六三九

印刷 株式会社 堀内印刷所
製本 株式会社 村上製本所

ISBN978−4−576−18184−4
https://www.futami.co.jp/

牧 秀彦

評定所留役 秘録 シリーズ

以下続刊

①評定所留役 秘録 父鷹子鷹

評定所は三奉行（町・勘定・寺社）がそれぞれ独自に裁断しえない案件を老中、大目付、目付と合議する幕府の最高裁判所。留役がその実務処理をした。結城新之助は鷹と謳われた父の後を継ぎ、留役となった。ある日、新之助に「貰い子殺し」に関する調べが下された。探っていくと五千石の大身旗本の影が浮かんできた。父、弟小次郎との父子鷹の探索が始まって……。